莎 士 比 亚 戏 剧 集

雅典的泰门·理查二世

（英）威廉·莎士比亚 著　朱生豪 译

北方联合出版传媒(集团)股份有限公司

万卷出版公司

ⓒ （英）威廉·莎士比亚　　2014

图书在版编目（CIP）数据

雅典的泰门·理查二世 /（英）莎士比亚著；朱生
豪译. -- 沈阳：万卷出版公司，2014.9
（莎士比亚戏剧集）
ISBN 978-7-5470-3193-3

Ⅰ．①雅… Ⅱ．①莎… ②朱… Ⅲ．①悲剧—剧本—
作品集—英国—中世纪 Ⅳ．①I561.33

中国版本图书馆CIP数据核字(2014)第196354号

雅典的泰门·理查二世

责任编辑	姜艳波
出 版 者	北方联合出版传媒（集团）股份有限公司
	万卷出版公司
联系电话	024-23284090　　010-57454988
经　　销	各地新华书店发行
印　　刷	北京一鑫印务有限责任公司
版　　次	2014年10月第1版
印　　次	2019年1月第2次印刷
成品尺寸	155mm×220mm
印　　张	12
字　　数	135千字
书　　号	978-7-5470-3193-3
定　　价	23.80元

目　录

雅典的泰门

剧中人物

泰门　雅典贵族

路歇斯

路库勒斯　　　　　　｝　谄媚的贵族

辛普洛涅斯

文提狄斯　泰门的负心友人之一

艾帕曼特斯　性情乖僻的哲学家

艾西巴第斯　雅典将官

弗莱维斯　泰门的管家

弗莱米涅斯

路西律斯　　　　　　｝　泰门的仆人

塞维律斯

凯菲斯

菲洛特斯

　　　　　　　　　　　｝　泰门债主的仆人

泰特斯

霍坦歇斯

路歇斯家仆人

文提狄斯的仆人

凡罗及艾西铎（泰门的二债主）的仆人

三路人

雅典老人

侍童

弄人

诗人、画师、宝石匠及商人

菲莉妮娅
提曼德拉 } 艾西巴第斯的情妇

贵族、元老、将士、兵士、窃贼、侍从等
化装跳舞中扮丘匹德及阿玛宗女战士者

地点

雅典及附近森林

第一幕

第一场　雅典。泰门家中的厅堂

诗人、画师、宝石匠、商人及余人等自各门分别上。

诗人　早安，先生。

画师　您好？

诗人　好久不见了。近况怎样啊？

画师　先生，变得一天不如一天了。

诗人　嗯，那是谁都知道的；可是有什么特别新鲜的事情，有什么奇闻怪事，为我们浩如烟海的载籍中所未之前睹的？瞧，慷慨的魔力！群灵都被你召唤前来，听候驱使了。我认识这个商人。

画师　这两个人我都认识；有一个是宝石匠。

商人　啊！真是一位贤德的贵人。

宝石匠　嗯，那是谁都不能否认的。

商人　一位举世无比的人，他的生活的目的，好像就是继续不断地行善，永不厌倦。像他这样的人，真是难得！

宝石匠　我带着一颗宝石这儿——

商人　啊！倒要见识见识。先生，这是送给泰门大爷的吗？

宝石匠　要是他能出一个价格；可是——

诗人　诗句当为美善而歌颂，

　　　　　倘因贪利而赞美丑恶，

　　　　　就会降低风雅的声价。

商人　（观宝石）这宝石的式样很不错。

宝石匠　它的色彩也很美丽；您瞧那光泽多好。

画师　先生，您又在吟哦您的大作了吗？一定又是献给这位贵人的什么诗篇了。

诗人　偶然想起来的几个句子。我们的诗歌就像树脂一样，会从它滋生的地方分泌出来。燧石中的火不打是不会出来的；我们的灵感的火焰却会自然激发，像流水般冲击着岸边。您手里是什么东西？

画师　一幅图画，先生。您的大著几时出版？

诗人　等我把它呈献给这位贵人以后，就可以和世人相见了。可不可以让我欣赏欣赏您的妙绘？

画师　见笑得很。

诗人　画得很好，真是神来之笔。

画师　谬奖谬奖。

诗人　佩服佩服！瞧这姿态多么优美！这一双眼睛里闪耀着多少智慧！这一双嘴唇上流露着多少丰富的想像！在这默然无

雅典的泰门

语的神情中间，蕴蓄着无限的深意。

画师　这是一幅维妙维肖的画像。这一笔很传神，您看怎样？

诗人　简直是巧夺天工，就是真的人也不及老兄笔下这样生趣盎然。

若干元老上，自舞台前经过。

画师　这位贵人真是前呼后拥！

诗人　都是雅典的元老；幸福的人！

画师　瞧，还有！

诗人　您瞧这一大群蝇营蚁附的宾客。在我的拙作中间，我勾划出了一个受尽世俗爱宠的人；可是我并不单单着力做个人的描写，我让我的恣肆的笔锋在无数的模型之间活动，不带一丝恶意，只是像凌空的鹰隼一样，一往直前，不留下一丝痕迹。

画师　您的意思我有点不大懂得。

诗人　我可以解释给您听。您瞧各种不同地位不同性情的人，无论是轻浮油滑的，或是严肃庄重的，都愿意为泰门大爷效劳服役；他的巨大的财产，再加上他的善良和蔼的天性，征服了各种不同的人，使他们乐于向他输诚致敬；从那些脸上反映出主人的喜怒的谄媚者起，直到憎恨自己的艾帕曼特斯，一个个在他的面前屈膝，只要泰门点点头，就可以使他们满载而归。

画师　我曾经看见他跟艾帕曼特斯在一起谈话。

诗人　先生，我假定命运的女神端坐在一座巍峨而幽美的山上；在那山麓下面，有无数智愚贤不肖的人在那儿劳心劳力，追求世间的名利，他们的眼睛都一致注视着这位主宰一切的女神；我把其中一个人代表泰门，命运女神用她象牙一

6

样洁白的手招引他到她的身边；他是她眼前的恩宠，他的敌人也一齐变成了他的奴仆。

画师 果然是很巧妙的设想。我想这一个宝座，这一位命运女神和这一座山，在这山下的许多人中间只有一个人得到女神的招手，这个人正弓着身子向峻峭的山崖爬去，攀登到幸福的顶端，很可以表现出我们这儿的情形。

诗人 不，先生，听我说下去。那些在不久以前还是和他同样地位的人，也有一些本来胜过他的人，现在都跟在他后面亦步亦趋；他的接待室里挤满了关心他的起居的人，他的耳朵中充满了一片有如向神圣祷告那样的低语；连他的马镫也被奉为神圣，他们从他那里呼吸到自由的空气。

画师 好，那便怎么样呢？

诗人 当命运突然改变了心肠，把她的宠儿一脚踢下山坡的时候，那些攀龙附凤之徒，本来跟在他后面匍匐膝行的，这时候便会冷眼看他跌落，没有一个人做他患难中的同伴。

画师 那是人类的通性。我可以画出一千幅醒世的图画，比语言更有力地说明祸福无常的真理。但是你也不妨用文字向泰门大爷陈述一个道理，指出眼光浅近的人往往会把黑白混淆起来。

　　　喇叭声。泰门上，向每一请求者殷勤周旋；一使者奉文提狄斯差遣前来，趋前与泰门谈话；路西律斯及其他仆人随后。

泰门 你说他下了监狱了吗？

使者 是，大爷。他欠了五个泰伦①的债，他的手头非常困难，

---

①泰伦（Talent），古希腊货币名。

他的债主催逼得很厉害。他请您写一封信去给那些拘禁他
的人，否则他什么安慰也没有了。

泰门 尊贵的文提狄斯！好，我不是一个在朋友有困难时把他丢
弃不顾的人。我知道他是一位值得帮助的绅士，我一定要
帮助他。我愿意替他还债，使他恢复自由。

使者 他永远不会忘记您的大恩。

泰门 替我向他致意。我就会把他的赎金送去；他出狱以后，请
他到我这儿来。单单把软弱无力的人扶了起来是不够的，
必须有人随时搀扶他，照顾他。再见。

使者 愿大爷有福！（下。）

一雅典老人上。

老人 泰门大爷，听我说句话。

泰门 你说吧，好老人家。

老人 你有一个名叫路西律斯的仆人。

泰门 是的，他怎么啦？

老人 最尊贵的泰门，把那家伙叫来。

泰门 他在不在这儿？路西律斯！

路西律斯 有，大爷有什么吩咐？

老人 这个家伙，泰门大爷，你这位尊价，晚上常常到我家里来。
我一生克勤克俭，挣下了这份家产，可不能让一个做奴才
的承继了去。

泰门 嗯，还有些什么话？

老人 我只有一个独生的女儿，要是我死了，也没有别的亲人可
以接受我的遗产。我这孩子长得很美，还没有到结婚的年
纪，我费了不少的钱，让她受最好的教育。你这个仆人却

想勾引她。好大爷，请你帮帮忙，不许他去看她；我自己对他说过好多次，总是没用。

泰门 这个人倒还老实。

老人 所以你应该叫他不要做不老实的事，泰门。一个人老老实实，总有好处；可不能让他老实得把我的女儿也拐了去。

泰门 你的女儿爱他吗？

老人 她年纪太轻，容易受人诱惑；就是我们自己在年轻的时候，也是一样多情善感的。

泰门（向路西律斯）你爱这位姑娘吗？

路西律斯 是，我的好大爷，她也接受我的爱。

老人 要是她没有得到我的允许和别人结婚，我请天神作证，我要拣一个乞儿做我的后嗣，一个钱也不给她。

泰门 要是她嫁给一个门户相当的丈夫，你预备给她怎样一份嫁奁呢？

老人 先给她三泰伦；等我死了以后，我的全部财产都是她的。

泰门 这个人已经在我这儿做了很久的事；君子成人之美，我愿意破格帮助他这一次。把你的女儿给他；你有多少陪嫁费，我也给他同样的数目，这样他就可以不致辱没你的令媛了。

老人 最尊贵的大爷，您既然这么说，我一定遵命，她就是他的人了。

泰门 好，我们握手为定；我用我的名誉向你担保。

路西律斯 敬谢大爷；我的一切幸运，都是您所赐与的！（路西律斯及老人下。）

诗人 这一本拙作要请大爷指教。

泰门 谢谢您；您不久就可以得到我的答复；不要走开。您有些什么东西，我的朋友？

画师 是一幅画，请大爷收下了吧。

泰门 一幅画吗？很好很好。这幅画简直画得像活人一样；因为自从欺诈渗进了人们的天性中以后，人本来就只剩一个外表了。这些画像确实是一丝不苟。我很喜欢您的作品，您就可以知道；请您等一等，我还有话对您说。

画师 愿神明保佑您！

泰门 回头见，先生；把您的手给我；您一定要陪我吃饭的。先生，您那颗宝石，我实在有点不敢领情。

宝石匠 怎么，大爷，宝石不好吗？

泰门 简直是太好了。要是我按照人家对它所下的赞美那样的价值向您把它买了下来，恐怕我要倾家荡产了。

宝石匠 大爷，它的价格是按照市价估定的；可是您知道，同样价值的东西，往往因为主人的喜恶而分别高下。相信我，好大爷，要是您戴上了这宝石，它就会身价十倍了。

泰门 不要取笑。

商人 不，好大爷；他说的话不过是我们大家所要说的话。

泰门 瞧，谁来啦？你们愿意挨一顿骂吗？

艾帕曼特斯上。

宝石匠 要是大爷不以为意，我们也愿意忍受他的侮辱。

商人 他骂起人来是谁也不留情的。

泰门 早安，善良的艾帕曼特斯！

艾帕曼特斯 等我善良以后，你再说你的早安吧；等你变成了泰门的狗，等这些恶人都变成好人以后，你再说你的早安吧。

泰门 为什么你要叫他们恶人呢？你又不认识他们。

艾帕曼特斯 他们不是雅典人吗？

泰门 是的。

艾帕曼特斯 那么我没有叫错。

宝石匠 您认识我吗，艾帕曼特斯？

艾帕曼特斯 你知道我认识你；我刚才就叫过你的名字。

泰门 你太骄傲了，艾帕曼特斯。

艾帕曼特斯 我感到最骄傲的是我不像泰门一样。

泰门 你到哪儿去？

艾帕曼特斯 去砸碎一个正直的雅典人的脑袋。

泰门 你干了那样的事，是要抵命的。

艾帕曼特斯 对了，要是干莫须有的事在法律上也要抵命的话。

泰门 艾帕曼特斯，你喜欢这幅图画吗？

艾帕曼特斯 一幅好画，因为它并不伤人。

泰门 画这幅图画的人手法怎样？

艾帕曼特斯 造物创造出这个画师来，他的手法比这画师强多啦，虽然他创造出来的也不过是一件低劣的作品。

画师 你是一条狗。

艾帕曼特斯 你的母亲是我的同类；倘然我是狗，她又是什么？

泰门 你愿意陪我吃饭吗，艾帕曼特斯？

艾帕曼特斯 不，我是不吃那些贵人的。

泰门 要是你吃了那些贵人，那些贵人的太太们要生气哩。

艾帕曼特斯 啊！她们自己才是吃贵人吃惯了的，所以吃得肚子那么大。

泰门 你把事情看邪了。

艾帕曼特斯 那是你的看法，也难为你了。

泰门 艾帕曼特斯，你喜欢这颗宝石吗？

艾帕曼特斯 我喜欢真诚老实，它不花一文钱。

泰门 你想它值多少钱？

艾帕曼特斯 它不值得我去想它的价钱。你好，诗人！

诗人 你好，哲学家！

艾帕曼特斯 你说谎。

诗人 你不是哲学家吗？

艾帕曼特斯 是的。

诗人 那么我没有说谎。

艾帕曼特斯 你不是诗人吗？

诗人 是的。

艾帕曼特斯 那么你说谎；瞧你上一次的作品，你故意把他写成了一个好人。

诗人 那并不是假话；他的确是一个好人。

艾帕曼特斯 是的，他赏了你钱，所以他是一个好人；有了拍马的人，自然就有爱拍马的人。天哪，但愿我也是一个贵人！

泰门 你做了贵人便怎么样呢，艾帕曼特斯？

艾帕曼特斯 我要是做了贵人，我就要像现在的艾帕曼特斯一样，从心底里痛恨一个贵人。

泰门 什么，痛恨你自己吗？

艾帕曼特斯 是的。

泰门 为什么呢？

艾帕曼特斯 因为我不能再怀着痛恨的心情想像自己是一个贵人。你是一个商人吗？

商人　是的，艾帕曼特斯。

艾帕曼特斯　要是神明不给你灾祸，那么让你在买卖上大倒其霉吧！

商人　要是我买卖失利，那就是神明给我的灾祸。

艾帕曼特斯　买卖就是你的神明，愿你的神明给你灾祸！

> 喇叭声。一仆人上。

泰门　那是哪里的喇叭声音？

仆人　那是艾西巴第斯带着二十多人骑着马来了。

泰门　你们去招待招待；领他们进来。（若干侍从下）你们必须陪我吃饭，等我谢过了你们的厚意以后再去。承你们各位光降，使我非常高兴。

> 艾西巴第斯率队上。

泰门　欢迎得很，将军！

艾帕曼特斯　好，好！愿疼痛把你们柔软的骨节扭成一团！这些温文和气的恶人彼此不怀好意，面子上却做得这样彬彬有礼！人类全都变成猴子啦。

艾西巴第斯　我已经想了您好久，今天能够看见您，真是大慰平生的饥渴。

泰门　欢迎欢迎！这次我们一定要好好地欢叙一下再分手。请进去吧。（除艾帕曼特斯外均下。）

> 二贵族上。

贵族甲　现在是什么时候了，艾帕曼特斯？

艾帕曼特斯　现在是应该做个老实人的时候了。

贵族甲　人是无论什么时候都应该老老实实的。

艾帕曼特斯　那你就更加该死，你无论什么时候都是不老实的。

雅典的泰门

贵族乙　你去参加泰门大爷的宴会吗？

艾帕曼特斯　是的，我要去看肉塞在恶汉的嘴里，酒灌在傻子的
　　　　肚里。

贵族乙　再见，再见。

艾帕曼特斯　你是个傻瓜，向我说两次"再见"。

贵族乙　为什么，艾帕曼特斯？

艾帕曼特斯　你应该把一句"再见"留给你自己，因为我是不想
　　　　向你说"再见"的。

贵族甲　你去上吊吧！

艾帕曼特斯　不，我不愿听从你的号令。你还是向你的朋友请
　　　　求吧。

贵族乙　滚开，专爱吵架的狗！我要把你踢走了。

艾帕曼特斯　我要像一条狗一样逃开驴子的蹄子。（下。）

贵族甲　他是个不近人情的家伙。来，我们进去，领略领略泰门
　　　　大爷的盛情吧。他的慷慨仁慈，真是世间少有的。

贵族乙　他的恩惠是随时随地向人倾注的；财神普路托斯不过是
　　　　他的管家。谁替他做了一件事，他总是给他价值七倍的
　　　　酬劳；谁送给他什么东西，他的答礼总是超过一般酬酢的
　　　　极限。

贵族甲　他有一颗比任何人更高贵的心。

贵族乙　愿他富贵长寿！我们进去吧。

贵族甲　敢不奉陪。（同下。）

第二场　同前。泰门家中的宴会厅

高音笛奏闹乐。厅中设盛宴，弗莱维斯及其他仆人侍立；泰门、艾西巴第斯、众贵族元老、文提狄斯及侍从等上；艾帕曼特斯最后上，仍作倨傲不平之态。

文提狄斯　最可尊敬的泰门，神明因为眷念我父亲年老，召唤他去享受永久的安息；他已经安然去世，把他的财产遗留给我。这次多蒙您的大德鸿恩，使我脱离了缧绁之灾，现在我把那几个泰伦如数奉还，还要请您接受我的感恩图报的微忱。

泰门　啊！这算什么，正直的文提狄斯？您误会我的诚意了；那笔钱是我送给您的，哪有给了人家再收回来之理？假如比我们高明的人这样做的话，我们也决不敢效法他们；有钱的人缺点也是优点。

文提狄斯　您的心肠太好了。（众垂手恭立，视泰门。）

泰门　嗳哟，各位大人，一切礼仪，都是为了文饰那些虚应故事的行为、言不由衷的欢迎、出尔反尔的殷勤而设立的；如果有真实的友谊，这些虚伪的形式就该一律摈弃。请坐吧；我的财产欢迎你们分享，甚于我欢迎我自己的财产。（众就坐。）

贵族甲　大人，我们也常常这么说。

艾帕曼特斯　呵，呵！也这么说；哼，你们也这么说吗？

泰门　啊！艾帕曼特斯，欢迎。

艾帕曼特斯　不，我不要你欢迎；我要你把我撵出门外去。

泰门　呸！你是个伧夫；你的脾气太乖僻啦。各位大人，人家说，

雅典的泰门

暴怒不终朝；可是这个人老是在发怒。去，给他一个人摆一张桌子，因为他不喜欢跟别人在一起，也不配跟别人在一起。

艾帕曼特斯 泰门，要是你不把我撵走，那你可不要怪我得罪你的客人；我是来做一个旁观者的。

泰门 我不管你说什么；你是一个雅典人，所以我欢迎你。我自己没有力量封住你的嘴，请你让我的肉食使你静默吧。

艾帕曼特斯 我不要吃你的肉食；它会噎住我的喉咙，因为我永远不会谄媚你。神啊！多少人在吃泰门，他却看不见他们。我看见这许多人把他们的肉放在一个人的血里蘸着吃，我就心里难过；可是发了疯的他，却还在那儿殷勤劝客。我不知道人们怎么敢相信他们的同类；我想他们请客的时候，应当不备刀子，既可以省些肉，又可以防止生命的危险。这样的例子是很多的；现在坐在他的近旁，跟他一同切着面包、喝着同心酒的那个人，也就是第一个动手杀他的人；这种事情早就有证明了。如果我是一个巨人，我一定不敢在进餐的时候喝酒；因为恐怕人家看准我的咽喉上的要害；大人物喝酒是应当用铁甲裹住咽喉的。

泰门 大人，今天一定要尽兴；大家干一杯，互祝健康吧。

贵族乙 好，大人，让酒像潮水一样流着吧。

艾帕曼特斯 像潮水一样流着！好家伙！他倒是惯会迎合潮流的。泰门泰门，这样一杯一杯地干下去，要把你的骨髓和你的家产都吸干了啊！我这儿只有一杯不会害人的淡酒，好水啊，你是不会叫人烂醉如泥的；这样的酒正好配着这样的菜。吃着大鱼大肉的人，是会高兴得忘记感谢神明的。

永生的神，我不要财宝，

我也不愿为别人祈祷：

保佑我不要做个呆子，

相信人们空口的盟誓；

也不要相信娼妓的泪；

也不要相信狗的假寐；

也不要相信我的狱吏，

或是我患难中的知己。

阿门！好，吃吧；有钱的人犯了罪，我只好嚼嚼菜根。（饮酒食肴）愿你好心得好报，艾帕曼特斯！

泰门 艾西巴第斯将军，您的心现在一定在战场上驰骋吧。

艾西巴第斯 我的心是永远乐于供您驱使的，大人。

泰门 您一定喜欢和敌人们在一起早餐，甚于和朋友们在一起宴会。

艾西巴第斯 大人，敌人的血是胜于一切美味的肉食的；我希望我的最好的朋友也能跟我在一起享受这样的盛宴。

艾帕曼特斯 但愿这些诡媚之徒全是你的敌人，那么你就可以把他们一起杀了，让我分享一杯羹。

贵族甲 大人，要是我们能够有那样的幸福，可以让我们的一片赤诚为您尽尺寸之劳，那么我们就可以自己觉得不虚此生了。

泰门 啊！不要怀疑，我的好朋友们，天神早已注定我将要得到你们许多帮助；否则你们怎么会做我的朋友呢？为什么在千万人中间，只有你们有那样一个名号；不是因为你们是我心上最亲近的人吗？你们因为谦逊而没有向我提起过的关于你们自己的话，我都向我自己说过了；这是我可以向你们证实的。我常常这么想着：神啊！要是我们永远没有需用我们的朋友的时候，那么我们何必要朋友呢？要是我们永远不需要他们的帮助，那么他们便是世上最无用的东西，就像深藏不用的乐器一样，没有人听得见它们美妙的声音。啊，我常常希望我自己再贫穷一些，那么我一定可以格外跟你们亲近一些。天生下我们来，就是要我们乐善好施；什么东西比我们朋友的财产更适宜于被称为我们自己的呢？啊！能够有这么许多人像自己的兄弟一样，彼此支配着各人的财产，这是一件多么可贵的乐事！呵，快乐还未诞生就已经消化了！我的眼睛里忍不住要流出眼泪来了；原谅我的软弱，我为各位干这一杯。

艾帕曼特斯　你简直是涕泣劝酒了，泰门。

贵族乙　我们的眼睛里也因为忍不住快乐，像一个婴孩似的流起泪来了。

艾帕曼特斯　呵，呵！我一想到那个婴孩是个私生子，我就要笑死了。

贵族丙　大人，您使我非常感动。

艾帕曼特斯　非常感动！（喇叭奏花腔。）

泰门　那喇叭声音是怎么回事？

　　　　　　一仆人上。

泰门　什么事？

仆人　禀大爷，有几位姑娘们在外面求见。

泰门　姑娘们！她们来干什么？

仆人　大爷，她们有一个领班的人，他会告诉您她们的来意。

泰门　请她们进来吧。

　　　　　一人饰丘匹德上。

丘匹德　祝福你，尊贵的泰门；祝福你席上的嘉宾！人身上最灵
　　敏的五官承认你是它们的恩主，都来向你献奉它们的珍奇。
　　听觉、味觉、触觉、嗅觉，都已经从你的筵席上得到满足
　　了；现在我们还要略呈薄技，贡献你视觉上的欢娱。

泰门　欢迎欢迎；请她们进来吧。音乐，奏起来欢迎她们！（丘
　　匹德下。）

贵族甲　大人，您看，您是这样被人敬爱。

　　　　　音乐；丘匹德率妇女一队扮阿玛宗女战士重上，众女
　　　　　手持琵琶，且弹且舞。

艾帕曼特斯　嗳哟！瞧这些过眼的浮华！她们跳舞！她们都是些
　　疯婆子。人生的荣华不过是一场疯狂的胡闹，正像这种奢
　　侈的景象在一个嚼着淡菜根的人看来一样。我们寻欢作乐，
　　全然是傻子的行为。我们所谄媚的、我们所举杯祝饮的那
　　些人，也就是在年老时被我们痛骂的那些人。哪一个人不
　　曾被人败坏也败坏过别人？哪一个人死了能够逃过他的朋
　　友的讥斥？我怕现在在我面前跳舞的人，有一天将要把我
　　放在他们的脚下践踏；这样的事不是不曾有过，人们对于
　　一个没落的太阳是会闭门不纳的。

　　　　　众贵族起身离席，向泰门备献殷勤；每人各择舞女一
　　　　　人共舞，高音笛奏闹乐一二曲；舞止。

泰门　各位美人，你们替我们添加了不少兴致，我们今天的欢娱，
　　因为有了你们而格外美丽热烈了。我必须谢谢你们。

舞女甲　大爷，您太抬举我们了。

艾帕曼特斯　的确，不抬举就是压低，我怕那样便弄得不成体统了。

泰门　姑娘们，还有一桌酒席空着等候你们；请你们随意坐下吧。

众女　谢谢大爷。（丘匹德及众女下。）

泰门　弗莱维斯！

弗莱维斯　有，大爷。

泰门　把我那小匣子拿来。

弗莱维斯　是，大爷。（旁白）又要把珠宝送人了！他高兴的时候，谁也不能违拗他的意志，否则我早就老老实实告诉他了；真的，我该早点儿告诉他，等到他把一切挥霍干净以后，再要跟他闹别扭也来不及了。可惜宽宏大量的人，背后不多生一个眼睛；心肠太好的结果不过害了自己。（下。）

贵族甲　我们的仆人呢？

仆人　有，大爷，在这儿。

贵族乙　套起马来！

　　　　　弗莱维斯携匣重上。

泰门　啊，我的朋友们！我还要对你们说一句话。大人，我要请您赏我一个面子，接受了我这一颗宝石；请您收下戴上吧，我的好大人。

贵族甲　我已经得到您太多的厚赐了——

众人　我们也都是屡蒙见惠。

　　　　　一仆人上。

仆甲　大爷，有几位元老院里的老爷刚才到来，要来拜访。

泰门　我很欢迎他们。

弗莱维斯　大爷，请您让我向您说句话；那是对于您有切身关系的。

泰门 有切身关系！好，那么等会儿你再告诉我吧。请你快去预备预备，不要怠慢了客人。

弗莱维斯 （旁白）我简直不知道应该怎么办。

　　　　　　另一仆人上。

仆乙 禀大爷，路歇斯大爷送来了四匹乳白的骏马，鞍辔完全是银的，要请您鉴纳他的诚意，把它们收下。

泰门 我很高兴接受它们；把马儿好生饲养着。

　　　　　　另一仆人上。

泰门 啊！什么事？

仆丙 禀大爷，那位尊贵的绅士，路库勒斯大爷，请您明天去陪他打猎；他送来了两对猎犬。

泰门 我愿意陪他打猎；把猎犬收下了，用一份厚礼答谢他。

弗莱维斯 （旁白）这样下去怎么得了呢？他命令我们预备这样预备那样，把贵重的礼物拿去送人，可是他的钱箱里却早已空得不剩一文。他又从来不想知道他究竟有多少钱，也不让我有机会告诉他实在的情形，使他知道他的力量已经不能实现他的愿望。他所答应人家的，远超过他自己的资力，因此他口头所说的每一句话都是一笔负债。他是这样地慷慨，他现在送给人家的礼物，都是他出了利息向人借贷来的；他的土地都已经抵押出去了。唉，但愿他早一点辞歇了我，免得将来有被迫解职的一日！与其用酒食供养这些比仇敌还凶恶的朋友，那么还是没有朋友的人幸福得多了。我在为我的主人衷心泣血呢。（下。）

泰门 你们这样自谦，真是太客气了。大人，这一点点小东西，

雅典的泰门

聊以表示我们的情谊。

贵族乙　那么我拜领了，非常感谢。

贵族丙　啊，他真是个慷慨仁厚的人。

泰门　我记起来了，大人，前天您曾经赞美过我所乘的一匹栗色的马儿；您既然喜欢它，就把它带去吧。

贵族丙　啊！原谅我，大人，那我可万万不敢掠爱。

泰门　您尽管收下吧，大人；我知道一个人倘不是真心喜欢一样东西，决不会把它赞美得恰如其分。凭着我自己的心理，就可以推测到我的朋友的感情。我叫他们把它牵来给您。

众贵族　啊！那好极了。

泰门　承你们各位光临，我心里非常感激；即使把我的一切送给你们，也不能报答你们的盛情；我想要是我有许多国土可以分给我的朋友们，我一定永远不会感到厌倦。艾西巴第斯，你是一个军人，军人总是身无长物的，钱财难得会到你的手里；因为你的生活是与死为邻，你所有的土地都在疆场之上。

艾西巴第斯　是的，大人，只是一些荆榛瓦砾之场。

贵族甲　我们深感大德——

泰门　我也同样感谢你们。

贵族乙　备蒙雅爱——

泰门　我也多承各位不弃。多拿些火把来！

贵族甲　最大的幸福、尊荣和富贵跟您在一起，泰门大人！

泰门　这一切他都愿意和朋友们分享。（艾西巴第斯及贵族等同下。）

艾帕曼特斯　好热闹！这么摇头晃脑撅屁股！他们的两条腿恐怕

还不值得他们跑这一趟所得到的代价。友谊不过是些渣滓废物，虚伪的心不会有坚硬的腿，老实的傻瓜们也在人们的打躬作揖之下卖弄自己的家私。

泰门 艾帕曼特斯，倘然你不是这样乖僻，我也会给你好处的。

艾帕曼特斯 不，我不要什么；要是我也受了你的贿赂，那么再也没有人骂你了，你就要造更多的孽了。你老是布施人家，泰门，我怕你快要写起卖身文契来，把你自己也送给人家了。这种宴会、奢侈、浮华是做什么用的？

泰门 嗳哟，要是你骂起我的交际来，那我可要发誓不理你了。再会；下次来的时候，请你预备一些好一点的音乐。（下。）

艾帕曼特斯 好，你现在不要听我，将来要听也听不到了；天堂的门已经锁上了，你从此只好徘徊门外。唉，人们的耳朵不能容纳忠言，谄媚却这样容易进去！ （下。）

第二幕

第一场　雅典。某元老家中一室

某元老手持文件上。

元老　最近又是五千；他还欠了凡罗和艾西铎九千；单是我的债务，前后一共是两万五千。他还在任意挥霍！这样子是维持不下去的；一定维持不下去。要是我要金子，我只要从一个乞丐那里偷一条狗送给泰门，这条狗就会替我变出金子来。要是我要把我的马卖掉，再去买二十匹比它更好的马来，我只要把我的马送给泰门，不必问他要什么。就这么送给他，它就会立刻替我生下二十匹好马来。他门口的管门人，见了谁都笑脸相迎，每一个路过的人，他都邀请他们进去。这样子是维持不下去的；他这份家私看起来恐怕有些不稳。凯菲斯，喂！喂，凯菲斯！

凯菲斯　有，老爷；您有什么吩咐？

元老　披上你的外套，赶快到泰门大爷家里去；请他务必把我的钱还我；不要听他推三托四，也不要因为他说了一声"替我问候你家老爷"，把他的帽子放在右手这么一挥，就说不出一句话来；你要对他说，我有很要紧的用途；我必须用我自己的钱供给我自己的需要；他的借款早已过期，他因为爽约，我对他也失去信任了。我虽然很看重他的为人，可是不能为了医治他的手指而打伤了我自己的背；我的需要很急迫，不能让他用空话敷衍过去，一定要他立刻把钱还我。你去吧；装出一副很严厉的神气向他追索。我怕泰门大爷现在虽然像一只神采蹁跹的凤凰，要是把他借来的羽毛一根根拔去以后，就要变成一只秃羽的海鸥了。你去吧。

凯菲斯　我就去，老爷。

元老　"我就去，老爷"！把借票一起带去，别忘记借票上面的日子。

凯菲斯　是，老爷。

元老　去吧。（各下。）

第二场　同前。泰门家中的厅堂

弗莱维斯持债票多纸上。

弗莱维斯　他一点也不在乎，一点都不知道停止他的挥霍！不想想这样浪费下去，怎么维持得了；钱财产业从他手里飞了出去，他也不管；将来怎么过日子，他也从不放在心上；只是这样傻头傻脑地乐善好施。怎么办才好呢？不叫他亲自尝到财尽囊空的滋味，他是再也不会听人家的话的。现在他出去打猎，快要回来了，我必须提醒他才是。嘿！嘿！嘿！嘿！

凯菲斯及艾西铎、凡罗二家仆人上。

凯菲斯　晚安，凡罗家的大哥。什么！你是来讨债的吗？

凡罗家仆人　你不也是来讨债的吗？

凯菲斯　是的；你也是吗，艾西铎家的大哥？

艾西铎家仆人　正是。

凯菲斯　但愿我们都能讨到手！

凡罗家仆人　我怕有点讨不到。

凯菲斯　大爷来了！

泰门、艾西巴第斯及贵族等上。

泰门　我们吃过了饭再出去，艾西巴第斯。你们是来看我的吗？有什么事？

凯菲斯　大爷，这儿是一张债票。

泰门　债票！你是哪儿来的？

凯菲斯　我就是这儿雅典的人，大爷。

泰门　跟我的管家说去。

凯菲斯　禀大爷，他叫我等几天再来，可是我家主人因为自己有急用，并且知道大爷一向为人正直，千万莫让他今天失望了。

泰门　我的好朋友，请你明天来吧。

凯菲斯　不，我的好大爷——

泰门　你放心吧，好朋友。

凡罗家仆人　大爷，我是凡罗的仆人——

艾西铎家仆人　艾西铎叫我来请大爷快一点把他的钱还了。

凯菲斯　大爷，要是您知道我家主人是怎样等着用这笔钱——

凡罗家仆人　这笔钱，大爷，已经过期六个星期了。

艾西铎家仆人　大爷，您那位管家尽是今天推明天，明天推后天的，所以我家主人才叫我向您大爷面讨。

泰门　让我松一口气。各位大人，请你们先进去一会儿；我立刻就来奉陪。（艾西巴第斯及贵族等下。向弗莱维斯）过来。请问你，究竟是怎么一回事，这些人都拿着过期的债票向我缠扰不清，让人家看着把我的脸也丢尽了？

弗莱维斯　对不起，各位朋友，现在不是讲这种事情的时候，请你们暂时忍耐片刻，等大爷吃过饭以后，我可以告诉他为什么你们的债款还没有归还。

泰门　等一等再说吧，我的朋友们。好好地招待他们。（下。）

弗莱维斯　请各位过来。（下。）

艾帕曼特斯及弄人上。

凯菲斯　且慢，瞧那傻子跟着艾帕曼特斯来了；让我们跟他们开开玩笑。

凡罗家仆人　别理他，他会骂我们的。

艾西铎家仆人　该死的狗！

凡罗家仆人　你好，傻子？

艾帕曼特斯　你在对你的影子讲话吗？

凡罗家仆人　我不是跟你说话。

艾帕曼特斯 不，你是对你自己说话。（向弄人）去吧。

艾西铎家仆人 （向凡罗家仆人）傻子已经附在你的背上了。

艾帕曼特斯 不对，你只是一个人站在那里，还没有骑上他的背呢。

凯菲斯 此刻那傻子呢？

艾帕曼特斯 问这问题的就是那傻子。哼，这些放债人手下的奴才！都是些金钱与欲望之间的娼家。

众仆 我们是什么，艾帕曼特斯？

艾帕曼特斯 都是些驴子。

众仆 为什么？

艾帕曼特斯 因为你们不知道自己是什么，却要来问我。跟他们谈谈，傻子。

弄人 各位请了。

众仆 你好，好傻子。你家奶奶好吗？

弄人 她正在烧开热水来替你们这些小鸡洗皮拔毛哩。巴不得在妓院里看到你们！

艾帕曼特斯 说得好！

　　　　　　侍童上。

弄人 瞧，咱们奶奶的童儿来了。

侍童 （向弄人）啊，您好，大将军！您在这些聪明人中间有什么贵干？你好，艾帕曼特斯？

艾帕曼特斯 我但愿我的舌头上长着一根棒儿，可以痛痛快快地回答你。

侍童 艾帕曼特斯，请你把这两个信封上的字念给我听一听，我不知道哪一封信应该给哪一个人。

艾帕曼特斯　你不认识字吗？

侍童　不认识。

艾帕曼特斯　那么你吊死的一天，学问倒不会受损失了。这是给泰门大爷的；这是给艾西巴第斯的。去吧；你生下来是个私生子，到死是个忘八蛋。

侍童　母狗把你生了下来，你死了也是一条饿狗。不要回答我，我去了。（下。）

艾帕曼特斯　好，你夹着尾巴逃吧。——傻瓜，我要跟你一块儿到泰门大爷那儿去。

弄人　您要把我丢在那儿吗？

艾帕曼特斯　要是泰门在家，我就把你丢在那儿。你们三个人侍候着三个放债的人吗？

众仆　是的；我们但愿他们侍候我们！

艾帕曼特斯　那倒跟刽子手侍候偷儿一样好玩。

弄人　你们三个人的主人都是放债的吗？

众仆　是的，傻瓜。

弄人　我想是个放债的就得有个傻瓜做他的仆人；我家奶奶是个放债的，我就是她的傻瓜。人家向你们的主人借钱，来的时候都是愁眉苦脸，去的时候都是欢欢喜喜；可是人家走进我家奶奶的屋子的时候，却是欢欢喜喜，走出去的时候反而愁眉苦脸，这是什么道理呢？

凡罗家仆人　我可以说出一个道理来。

艾帕曼特斯　那么你说吧，你说了出来，我们就可以承认你是一个忘八龟子；虽然你本来就是个忘八龟子。

凡罗家仆人　傻瓜，什么叫做忘八龟子？

雅典的泰门

弄人 他是一个穿着好衣服的傻瓜，跟你差不多的一种东西。是一个鬼魂：有时候样子像一个贵人；有时候像一个律师；有时候像一个哲学家，系着两颗天生的药丸；又往往以一个骑士的姿态出现；这个鬼魂也会化成各色各样的人，有时候是个八十岁的老头儿，有时候是个十三岁的小哥儿。

凡罗家仆人 你倒不完全是个傻子。

弄人 你也不完全是个聪明人；我不过有几分傻气，你也刚刚缺少这几分聪明。

艾帕曼特斯 这倒像是艾帕曼特斯说的话。

众仆 站开，站开；泰门大爷来了。

泰门及弗莱维斯重上。

艾帕曼特斯 跟我来，傻瓜，来。

弄人 我不大愿意跟在情人、长兄和女人的背后；有时候也不愿意跟着哲学家跑。（艾帕曼特斯及弄人下。）

弗莱维斯 请您过来；我一会儿就跟你们说话。（众仆下。）

泰门 你真使我奇怪；为什么你不早一点把我的家用收支的情形明白告诉我，好让我在没有欠债以前，把费用节省节省呢？

弗莱维斯 我好几回向您说起，您总是不理会我。

泰门 哼，也许你趁着我心里不高兴的时候说起这种话，我叫你不要向我絮烦，你就借着这个做理由，替你自己诿卸责任了。

弗莱维斯 啊，我的好大爷！好多次我把账目拿上来呈给您看，您总是把它们推在一旁，说是您相信我的忠实。当您收下了人家一点点轻微的礼品，叫我用许多贵重的东西酬答他们的时候，我总是摇头流泪，甚至于不顾自己卑贱的身分，再三劝告您不要太慷慨了。不止一次我因为向您指出您的财产已经大不如前，您的欠债已经愈积愈多，而您却对我严词申斥。我的亲爱的大爷，现在您虽然肯听我把实在的情形告诉您，可是已经太迟了，您的家产至多也不过抵偿您的欠债的半数。

泰门　把我的土地一起卖掉好了。

弗莱维斯　土地有的已经变卖了，有的已经抵押给人家了；剩下来的还不够偿还目前已经到期的债款；没有到期的债款也快要到期了，中间这一段时间怎么应付过去呢？我们这一笔账，到最后又是怎么算法？

泰门　我的土地不是一直通到斯巴达吗？

弗莱维斯　啊，我的好大爷！整个的世界也不过是一句话；即使它是完全属于您的，只要您一开口，也可以把它很快地送给别人。

泰门　你说的倒是真话。

弗莱维斯　要是您疑心我办事欺心，您可以叫几个最精细的查账员当面查看我的账目。神明在上，当我们的门庭之内充满着饕餮的食客，当我们的酒窟里泛滥着满地的余沥，当每一间屋内灯光吐辉、笙歌沸天的时候，我总是一个人躲在一个漏水的管子下面，止不住我的泪涛的汹涌。

泰门　请你不要说下去啦。

弗莱维斯　天啊！我总是说，这位大爷多么慷慨！在这一个晚上，有多少狼藉的酒肉填饱了庸奴伧夫的肠胃！哪一个人不是靠泰门养活的？哪一个人的心思才智、武力资财，不是泰门大爷的？伟大的泰门，光荣高贵的泰门，唉！花费了无数的钱财，买到人家一声赞美，钱财一旦去手，赞美的声音也寂灭了。酒食上得来的朋友，等到酒尽樽空，转眼成为路人；一片冬天的乌云刚刚出现，这些飞虫们早就躲得不知去向了。

泰门　得啦，少教训几句吧；我虽然太慷慨了些，可是慷慨也不是坏事；我的钱财用得虽然不大得当，可是还不是用在不明不白的地方。你何必哭呢？你难道以为我会缺少朋友吗？放心吧，凭着我对人家这点交情，要是我开口向人告借，谁都会把他们自己和他们的财产给我自由支配的。

弗莱维斯　但愿您所深信的果然是事实！

泰门　而且我现在的贫乏，未始不可以说是一种幸运；因为我可以借此试探我的朋友。你就可以明白你对于我的财产的忧心完全是一种过虑，我有这许多朋友，还怕穷吗？里面有人吗？弗莱米涅斯！塞维律斯！

　　　　弗莱米涅斯、塞维律斯及其他仆人上。

众仆　大爷！大爷！

泰门　你们替我分别到几个地方去：你到路歇斯大爷那里；你到路库勒斯大爷那里，我今天还跟他在一起打猎；你到辛普洛涅斯那里。替我向他们致意问候；说是我认为非常荣幸，能够有机会请求他们借给我一些钱；只要五十个泰伦就够了。

弗莱米涅斯　是，大爷，我们就照您这几句话去说。

弗莱维斯　（旁白）路歇斯和路库勒斯？哼！

泰门　（向另一仆人）你到元老院去，请他们立刻送一千泰伦来给

我；为了国计民生我曾尽过力，现在他们也该答应我的请求。

弗莱维斯 我已经大胆用您的图章和名义，向他们请求过了；可是他们只向我摇摇头，结果我仍旧空手而归。

泰门 真的吗？有这种事！

弗莱维斯 他们众口一词地回答我说，现在他们的景况很困难，手头没有钱，力不从心；很抱歉；您是很有信誉的人；可是他们觉得——他们不知道；有一点儿不敢十分赞同；善人未必没有过失；但愿一切顺利；实在不胜遗憾之至；说着这样断断续续的话，满脸不耐烦的神气，把帽子掀了掀，冷淡地点了点头，就去忙别的要事去了，把我冷得哑口无言。

泰门 神啊，惩罚他们！老人家，你不用烦恼。这些老家伙，都是天生忘恩负义的东西；他们的血已经冻结寒冷，不会流了；他们因为缺少热力，所以这样冷酷无情；他们将要终结他们生命的旅程而归于泥土，所以他们的天性也变得冥顽不灵了。（向一仆）你到文提狄斯那儿去。（向弗莱维斯）你也不用伤心了，你是忠心而诚实的；这全然不是你的错处。（向那仆人）文提狄斯新近把他的父亲安葬；他自从父亲死了以后，已经承继到一笔很大的遗产；他关在监狱里的时候，穷得一个朋友也没有，是我用五泰伦把他赎了出来；你去替我向他致意，对他说他的朋友因为有一些正用，请他把那五泰伦还给他。（仆人下。向弗莱维斯）那五泰伦拿到以后，就把目前已经到期的债款还给那些家伙。泰门有的是朋友，他的家业是不会没落的。

雅典的泰门

弗莱维斯　我希望我也像您一样放心。顾虑是慷慨的仇敌；一个人自己慷慨了，就以为人家也跟你一样。（同下。）

第三幕

第一场　雅典。路库勒斯家中一室

弗莱米涅斯在室中等候；一仆人上。

仆人　我已经告诉我家大爷说你在这儿；他就来见你了。

弗莱米涅斯　谢谢你，大哥。

路库勒斯上。

仆人　这就是我家大爷。

路库勒斯　（旁白）泰门大爷的一个仆人！一定是送什么礼物来的。哈哈，一点不错；我昨天晚上梦见银盘和银瓶哩。弗莱米涅斯，好弗莱米涅斯，承蒙你光降，不胜欢迎之至。给我倒些酒来。（仆人下）那位尊贵的、十全十美的、宽宏大量的雅典绅士，你那慷慨的好主人好吗？

弗莱米涅斯　他身体很好，先生。

路库勒斯　我很高兴他身体很好。你那外套下面有些什么东西，可爱的弗莱米涅斯？

弗莱米涅斯　不瞒您说，先生，那不过是一只空匣子；我奉我家大爷之命，特来请您把它填满了；他因为急用，需要五十个泰伦，所以叫我来向您商借，他相信您一定会毫不踌躇地帮助他的。

路库勒斯　哪，哪，哪哪！"相信我一定会帮助他"，他这样说吗？唉！好大爷，他是一位尊贵的绅士，就是太爱摆阔了。我好多次陪他在一块儿吃中饭，打算劝劝他；晚上再去陪他吃晚饭，也是为着劝他不要太浪费；可是他总不肯听人家的劝，也不因为我一次次地上门而有所觉悟。哪一个人没有几分错处，他的错处就是太老实了；我也这样对他说过，可是没有法子改变他的习性。

　　　　　仆人持酒重上。

仆人　大爷，酒来了。

路库勒斯　弗莱米涅斯，我一向知道你是个聪明人。喝杯酒吧。

弗莱米涅斯　多承大爷谬奖。

路库勒斯　我常常注意到你的脾气很和顺勤勉，凭良心说，你是很懂得道理的；你也从来不偷懒，这些都是你的好处。（向仆人）你去吧。（仆人下）过来，好弗莱米涅斯，你家大爷是位慷慨的绅士；可是你是个聪明人，虽然你到这儿来看我，你也一定明白，现在不是可以借钱给别人的时世，尤其单单凭着一点交情，什么保证都没有，那怎么行呀？这儿有三毛钱你拿了去；好孩子，帮帮忙，就说你没有看见我就是了。再会。

弗莱米涅斯　世事的变迁，人情的变幻，竟会一至于此吗？滚开，该死的下贱的东西，回到那崇拜你的人那儿去吧！（将钱掷去。）

路库勒斯　嘿！原来你也是个傻子，这才是有其主必有其仆。（下。）

弗莱米涅斯　愿你落在铁锅里和着熔化了的钱活活地熬死，你这恶病一样的朋友！难道友谊是这样轻浮善变，不到两天工夫就换了样子吗？天啊！我的心头充塞着我主人的愤怒。这个奴才的肠胃里还有我家主人赏给他吃的肉，为什么这些肉不跟他的良心一起变坏，化成毒药呢？他的生命一部分是靠着我家主人养活的；但愿他害起病来，临死之前多挨一些痛苦！（下。）

第二场　同前。广场

路歇斯及三路人上。

路歇斯　谁？泰门大爷吗？他是我的很好的朋友，也是一个高贵的绅士。

路人甲　我们也久闻他的大名，虽然跟他没有交情。可是我可以告诉您一件事情，我听一般人都这样纷纷传说，说现在泰门大爷的光荣时代已经过去，他的家业已经远不如前了。

路歇斯　嘿，哪有这样的事，你不要听信人家胡说；他是总不会缺钱的。

路人乙　可是您得相信我，在不久以前，他叫一个仆人到路库勒斯大爷家里去，向他告借多少泰伦，说是有很要紧的用途，可是结果并没有借到。

路歇斯　怎么！

路人乙　我说，他没有借到。

路歇斯　岂有此理！天神在上，我真替他害羞！不肯借钱给这样一位高贵的绅士！那真是太不讲道义了。拿我自己来说，我必须承认曾经从他手里得到过一些小恩小惠，譬如说钱哪，杯盘哪，珠宝哪，这一类零星小物，比起别人到手的东西来可比不上，可是要是他向我开口借钱，我是不会不借给他这几个泰伦的。

塞维律斯上。

塞维律斯　瞧，巧得很，那里正是路歇斯大爷；我好容易找到他。（向路歇斯）我的尊贵的大爷！

路歇斯　塞维律斯！你来得很好。再会；替我问候你的高贵贤德的主人，我的最好的朋友。

塞维律斯　告诉大爷知道，我家主人叫我来——

路歇斯　哈！他又叫你送什么东西来了吗？你家大爷待我真好，他老送东西给我；你看我应当怎样感谢他才好呢？他现在又送些什么来啦？

塞维律斯　他没有送什么来，大爷，只是因为一时需要，想请您借给他几个泰伦。

路歇斯　我知道他老人家只是跟我开开玩笑；他哪里会缺五十、一百个泰伦用。

塞维律斯　可是大爷，他现在需要的还不到这个数目。要是他的用途并不正当，我也不会向您这样苦苦求告的。

路歇斯　你说的是真话吗，塞维律斯？

塞维律斯　凭着我的灵魂起誓，我说的是真话。

路歇斯　我真是一头该死的畜生，放着这一个大好的机会，可以表明我自己不是一个翻脸无情的小人，偏偏把手头的钱一起用光了！真不凑巧，前天我买了一件无关紧要的东西，今天蒙泰门大爷给我这样一个面子，却不能应命。塞维律斯，天神在上，我真的是无力应命；我是一头畜生；我自己刚才还想叫人来向泰门大爷告借几个钱呢，这三位先生可以替我证明的；可是我觉得不好意思，否则早就向他开口了。请你多多替我向你家大爷致意；我希望他不要见怪于我，因为我实在是心有余而力不足。再请你替我告诉他，我不能满足这样一位高贵的绅士的要求，真是我生平第一件恨事。好塞维律斯，你愿意做我的好朋友，照我这几句话对他说吗？

塞维律斯　好的，大爷，我这样对他说就是了。

路歇斯　我一定不忘记你的好处，塞维律斯。（塞维律斯下）你们果然说得不错，泰门已经失势了，一次被人拒绝，到处都要碰壁的。（下。）

路人甲　您看见这种情形吗，霍斯提律斯？

路人乙　嗯，我看得太明白了。

路人甲　哼，这就是世人的本来面目；每一个谄媚之徒，都是同样的居心。谁能够叫那同器而食的人做他的朋友呢？据我所知道的，泰门曾经像父亲一样照顾这位贵人，用他自己的钱替他还债，维持他的产业；甚至于他的仆人的工钱，也是泰门替他代付的；他每一次喝酒，他的嘴唇上都是啜着泰门的银子；可是唉！瞧这些狗彘不食的人！人家行善事，对乞丐也要布施几个钱，他却好意思这样忘恩负义地一口拒绝。

路人丙 世道如斯，鬼神有知，亦当痛哭。

路人甲 拿我自己来说，我虽然从来不曾叨光过泰门的一顿酒食；他也从来不曾施恩于我，可以表明我是他的一个朋友；可是我要说一句，为了他的正直的胸襟、超人的德行和高贵的举止，要是他在窘迫的时候需要我的帮助，我一定愿意变卖我的家产，把一大半送给他，因为我是这样敬爱他的为人。可是在现在的时世，一个人也只好把怜悯之心搁起，因为万事总需熟权利害，不能但问良心。（同下。）

第三场　同前。辛普洛涅斯家中一室

辛普洛涅斯及一泰门的仆人上。

辛普洛涅斯 哼！难道他没有别人，一定要找我吗？他可以向路歇斯或是路库勒斯试试；文提狄斯是他从监狱里赎出身来的，现在也发了财了：这几个人都是靠着他才有今天这份财产。

仆人 大爷，他们几个人的地方都去过了，一个也不是好东西，谁都不肯借给他。

辛普洛涅斯 怎么！他们已经拒绝了他吗？文提狄斯和路库勒斯都拒绝了他吗？他现在又来向我告借吗？三个人？哼！这就可以看出他不但不够交情，而且也太缺少知人之明；我

必须做他的最后的希望吗？他的朋友已经三次拒绝了他，就像一个病人已经被三个医生认为不治，所以我必须负责把他医好吗？他明明瞧不起我，给我这样重大的侮辱，我在生他的气哩。他应该一开始就向我商量，因为凭良心说，我是第一个受到他的礼物的人；现在他却最后一个才想到我，想叫我在最后帮他的忙吗？不，要是我答应了他，人家都要笑我，那些贵人们都要当我是个傻子了。要是他瞧得起我，第一个就向我借，那么别说这一点数目，就是三倍于此，我也愿意帮助他的。可是现在你回去吧，替我把我的答复跟他们的冷淡的回音一起告诉你家主人；谁轻视了我，休想用我的钱。（下。）

仆人 很好！你这位大爷也是一个大大的奸徒。魔鬼把人们造得这样奸诈，一定后悔无及；比起人心的险恶来，魔鬼也要望风却步哩。瞧这位贵人唯恐人家看不清楚他的丑恶，拼命龇牙咧嘴给人家看，这就是他的奸诈的友谊！这是我的主人的最后的希望；现在一切都已消失了，只有向神明祈祷。现在他的朋友都已死去；终年开放、来者不拒的大门，也要关起来保护它们的主人了：这是一个浪子的下场；一个人不能看守住他的家产，就只好关起大门躲债。（下。）

第四场　同前。泰门家中厅堂

凡罗家两个仆人及路歇斯的仆人同上，与泰特斯、霍坦歇斯及其他泰门债主的仆人相遇。

凡罗家仆人甲 咱们碰见得很巧；早安，泰特斯，霍坦歇斯。

泰特斯 早安，凡罗家的大哥。

霍坦歇斯 路歇斯家的大哥！怎么！你也来了吗？

路歇斯家仆人 是的，我想我们都是为着同一的目的来的；我为讨钱而来。

泰特斯 他们和我们都是来讨钱的。

　　　　　　　菲洛特斯上。

路歇斯家仆人 菲洛特斯也来了！

菲洛特斯 各位早安。

路歇斯家仆人 欢迎，好兄弟。你想现在是什么时候了？

菲洛特斯 快九点钟啦。

路歇斯家仆人 这么晚了吗？

菲洛特斯 还没有看见泰门大爷吗？

路歇斯家仆人 还没有。

菲洛特斯 那可怪了；他平常总是七点钟就起来的。

路歇斯家仆人 嗯，可是他的白昼现在已经比从前短了；你该知道一个浪子所走的路程是跟太阳一般的，可是他并不像太阳一样周而复始。我怕在泰门大爷的钱囊里，已经是岁晚寒深的暮冬时候了，你尽管一直把手伸到底里，恐怕还是一无所得。

菲洛特斯 我也担着这样的心。

泰特斯 我可以提醒你一件奇怪的事情。你家大爷现在差你来要钱。

霍坦歇斯 一点不错，他差我来要钱。

泰特斯 可是他身上还戴着泰门送给他的珠宝，我就是到这儿来等他把这珠宝的钱还我的。

霍坦歇斯　我虽然奉命而来，心里可是老大不愿意。

路歇斯家仆人　你瞧，事情多么奇怪，泰门应该还人家的钱比他
　　实在欠下的债还多；好像你家主人佩戴了他的珍贵的珠宝
　　以后，还应该向他讨还珠宝的价钱一样。

霍坦歇斯　我真不愿意干这种差使。我知道我家主人挥霍了泰门
　　的财产，现在还要干这样忘恩负义的事，真是窃贼不如了。

凡罗家仆人甲　是的，我要向他讨还三千克朗；你呢？

路歇斯家仆人　我的是五千克朗。

凡罗家仆人甲　还是你比我多；照这数目看起来，你家主人对他
　　的交情比我家主人深得多了，否则不会有这样的差别的。

　　　　　弗莱米涅斯上。

泰特斯　他是泰门大爷的一个仆人。

路歇斯家仆人　弗莱米涅斯！大哥，说句话。请问大爷就要出来
　　了吗？

弗莱米涅斯　不，他还不想出来呢。

泰特斯　我们都在等着他；请你去向他通报一声。

弗莱米涅斯　我不必通报他；他知道你们是经常上门的。（弗莱米
　　涅斯下。）

　　　　　弗莱维斯穿外套蒙首上。

路歇斯家仆人　嘿！那个蒙住了脸的，不是他的管家吗？他躲躲
　　闪闪地去了；叫住他，叫住他。

泰特斯　你听见吗，总管？

凡罗家仆人乙　对不起，总管。

弗莱维斯　你有什么事要问我，朋友？

泰特斯　我们在这儿等着要拿回几个钱，总管。

弗莱维斯　哼，当你们那些黑心的主人们吃着我家大爷的肉食的时候，为什么你们不把债票送上来要钱？那个时候他们是不把他的欠款放在心上的，只知道忙着胁肩谄笑，把利息吞下他们贪馋的胃里。你们跟我吵有什么用呢？让我安安静静地过去吧。相信我，我家大爷跟我已经解除了主仆的名分；我没有账可管，他也没有钱可用了。

路歇斯家仆人　我们可不能拿你这样的话回去交代啊。

弗莱维斯　我的话倒是老实话，不像你们的主人都是些无耻小人。

（下。）

凡罗家仆人甲　怎么！这位卸了职的老爷子咕噜些什么？

凡罗家仆人乙　随他咕噜些什么；他是个苦老头儿，理他作甚？连一间可以钻进头去的屋子也没有的人，见了高楼大厦当然会痛骂的。

塞维律斯上。

泰特斯　啊！塞维律斯来了；现在我们可以得到一些答复了。

塞维律斯　各位朋友，要是你们愿意改日再来，我就感谢不尽了；不瞒列位说，我家大爷今天心境很不好；他身子也有点不大舒服，不能起来。

路歇斯家仆人　有许多人睡在床上不起来，并不是为了害病的缘故。要是他真的有病，我想他更应该早一点把债还清，这才可以撒手归天。

塞维律斯　天哪！

泰特斯　我们不能拿这样的话回去交代哩。

弗莱米涅斯　（在内）塞维律斯，赶快！大爷！大爷！

泰门暴怒上，弗莱米涅斯随上。

泰门 什么！我自己的门都不许我通过吗？我从来不曾受别人管过，现在我自己的屋子却变成了拘禁我的敌人、我的监狱吗？我曾经举行过宴会的地方，难道也像所有的人类一样，用一颗铁石的心肠对待我吗？

路歇斯家仆人 跟他说去，泰特斯。

泰特斯 大爷，这儿是我的债票。

路歇斯家仆人 这儿是我的。

霍坦歇斯 还有我的，大爷。

凡罗家仆人甲、凡罗家仆人乙 还有我们的，大爷。

菲洛特斯 我们的债票都在这儿。

泰门 用你们的债票把我打倒，把我腰斩了吧。

路歇斯家仆人 唉！大爷——

泰门 剖开我的心来。

泰特斯 我的账上是五十个泰伦。

泰门 把我的血一滴一滴地数出来。

路歇斯家仆人 五千个克朗，大爷。

泰门 还你五千滴血。你要多少？你呢？

凡罗家仆人甲 大爷——

凡罗家仆人乙 大爷——

泰门 扯碎我的四肢，把我的身体拿了去吧；天神的愤怒降在你们身上！（下。）

霍坦歇斯 我看我们的主人的债是讨不回来的了，因为欠债的是个疯子。（同下。）

泰门及弗莱维斯重上。

雅典的泰门

泰门　他们简直不容我有一点儿喘息的工夫，这些奴才们！什么债主，简直是魔鬼！

弗莱维斯　我的好大爷——

泰门　要是果然这样呢？

弗莱维斯　大爷——

泰门　我一定这么办。管家！

弗莱维斯　有，大爷。

泰门　很好！去，再把我的朋友们一起请来，路歇斯、路库勒斯、辛普洛涅斯，叫他们大家都来；我还要宴请一次这些恶人。

弗莱维斯　啊，大爷！您这些话只是一时气愤之言；别说请客，现在就是略为备一些酒食的钱也没有了。

泰门　你别管；去吧。我叫你把他们全都请来；让那些混帐东西再进一次我的门；我的厨子跟我会预备好东西给他们吃的。（同下。）

第五场　同前。元老院

众元老列坐议事。

元老甲　大人，您的意见我很赞同；这是一件重大的过失；他必须判处死刑；姑息的结果只是放纵了罪恶。

元老乙　一点不错；法律必须给他一些惩罚。

艾西巴第斯率侍从上。

艾西巴第斯　愿荣耀、康健和仁慈归于各位元老！

元老甲　请了，将军。

艾西巴第斯　我是你们的一个卑微的请愿者。人家说，法律不外
人情，只有暴君酷吏才会借着法律的威严肆其荼毒。我的
一个朋友因为一时之愤，无意中陷入法网。虽然他现在遭
逢不幸，可是他也是很有品行的人，并不是卑怯无耻之流，
单这一点也就可以补赎他的过失了；他因为眼看他的名誉
受到致命的污辱，所以才挺身而起，光明正大地和他的敌
人决斗；就是当他们兵刃相交的时候，他也始终不动声色，
就像不过跟人家辩论一场是非一样。

元老甲　您想把一件恶事说得像一件好事，恐怕难以自圆其说；
您的话全然是饰词强辩，有心替杀人犯辩护，把斗殴当作
勇敢，可惜这种勇敢却是误用了的。真正勇敢的人，应
当能够智慧地忍受最难堪的屈辱，不以身外的荣辱介怀，
用息事宁人的态度避免无谓的横祸。要是屈辱可以使我们
杀人，那么为了气愤而冒着生命的危险，是一件多么愚蠢
的事！

艾西巴第斯　大人——

元老甲　您不能使重大的罪恶化为清白；报复不是勇敢，忍受才
是勇敢。

艾西巴第斯　各位大人，我是一个武人，请你们恕我说句武人的
话。为什么愚蠢的人们宁愿在战场上捐躯，不知道忍受各
种的威胁呢？为什么他们不高枕而眠，让敌人从容割破他
们的咽喉而不加抗拒呢？要是忍受果然是这样勇敢的行
为，那么我们为什么要去远征国外呢？照这样说来，那么
在家内安居的妇人女子才是更勇敢的，驴子也要比狮子英
雄得多了；要是忍受是一种智慧，那么铁索银铛的囚犯，

也比法官更聪明了。啊，各位大人！你们身膺众望，应该仁爱为怀。谁不知道残酷的暴行是罪不容赦的？杀人者处极刑；可是为了自卫而杀人，却是正当的行为。负气使性，虽然为正人君子所不齿，然而人非木石，谁没有一时的气愤呢？你们在判定他的罪名以前，请先斟酌人情，不要矫枉过正才好。

元老乙　您这些话全是白说。

艾西巴第斯　白说！他在斯巴达和拜占廷两次战役中所立的功劳，难道不能赎回他的一死吗？

元老甲　那是怎么一回事？

艾西巴第斯　我说，各位大人，他曾经立下不少的功劳，在战争中杀死你们的许多敌人。在上次作战的时候，他是多么勇敢，手刃了多少人！

元老乙　他杀过太多的人；他是个好乱成性的家伙；要是没有人跟他作对，他也要找人家吵闹；因为他有这样的坏脾气，也不知闹过多少回事、引起多少回的纷争了；我们久已风闻他的酗酒寻衅、行为不检的劣迹。

元老甲　他必须处死。

艾西巴第斯　残酷的命运！早知如此，他就该死在战场上。各位大人，要是他的功绩才能不能替他自己赎罪，那么我可以拿我自己的微劳一并作为抵押，请你们宽恕了他的死罪；我知道你们这样年高的人都喜欢有一个确实的保证，所以我愿意把我历次的胜利和我的荣誉向你们担保，他一定不会有负你们的矜宥。要是他这次所犯的罪，按照法律必须用生命抵偿，那么让他洒血沙场，英勇而死吧；因为战争是和法律同样无情的。

元老甲　我们只知道秉公执法，他必须死。不要再絮渎了，免得惹起我们的恼怒。即使他是我们的朋友或是兄弟，杀了人也必须抵命。

艾西巴第斯　一定要这样办吗？不，一定不能这样办。各位大人，我请求你们，想一想我是什么人。

元老甲　怎么！

艾西巴第斯　请你们想一想我是什么人。

元老丙　什么！

艾西巴第斯　我想你们一定年老健忘，想不起我了；否则我这样向你们卑辞请求这么一点小小的恩惠，总不致于会被你们拒绝的。我身上的伤痕在为你们而疼痛哩。

元老甲　你胆敢惹我们生气吗？好，听着，我们没有很多的话说，可是我们的话是言出如山的：我们宣布把你永远放逐。

艾西巴第斯　把我放逐！把你们自己的糊涂放逐了吧；把你们放债营私、秽迹昭彰的腐化行为放逐了吧！

元老甲　要是在两天以后，你仍旧逗留在雅典境内，我们就要判处你加倍的重罪。至于你那位朋友，为了让我们耳目中清静一些起见，我们就要把他立刻处决。（众元老同下。）

艾西巴第斯　愿神明保佑你们长寿，让你们枯瘦得只剩一副骨头，谁也不来瞧你们一眼！真把我气疯了；我替他们打退了敌人，让他们安安稳稳地在一边数他们的钱，用高利放债，我自己却只得到了满身的伤痕：这一切不过换到了今天这样的结果吗？难道这就是那放高利贷的元老院替将士伤口敷上的油膏吗？放逐！那倒不是坏事；我不恨他们把我放逐；我可以借着这个理由，举兵攻击雅典，向他们发泄我的愤怒。我要去鼓动我的愤愤不平的部队；军人们像天神一样，是不能忍受丝毫的侮辱的。（下。）

第六场　　同前。泰门家中的宴会厅

音乐；室内排列餐桌，众仆立侍；若干贵族、元老及余人等自各门分别上。

贵族甲　早安，大人。

贵族乙　早安。我想这位可尊敬的贵人前天不过是把我们试探一番。

贵族甲　我刚才也这么想着；我希望他并不真正穷到像他故意装给朋友们看的那个样子。

贵族乙　照他这次重开盛宴的情形看来，他并没有真穷。

贵族甲　我也这样想。他很诚恳地邀请我，我本来还有许多事情，实在抽不出身，可是因为他的盛情难却，所以不能不拨冗而来。

贵族乙　我也有许多要事在身，可是他一定不肯放过我。我很抱歉，当他叫人来问我借钱的时候，我刚巧手边没有现款。

贵族甲　我知道了他这种情形之后，心里也难过得很。

贵族乙　这儿每一个人都有这样的感觉。他要向您借多少钱？

贵族甲　一千块。

贵族乙　一千块！

贵族甲　您呢？

贵族丙 他叫人到我那儿去，大人，——他来了。

        泰门及侍从等上。

泰门 竭诚欢迎，两位老兄；你们都好吗？

贵族甲 托您的福，大人。

贵族乙 燕子跟随夏天，也不及我们跟随您这样踊跃。

泰门 （旁白）你们离开我也比燕子离开冬天还快；人就是这种趋炎避冷的鸟儿。——各位朋友，今天肴馔不周，又累你们久等，实在抱歉万分；要是你们不嫌喇叭的声音刺耳，请先饱听一下音乐，我们就可以入席了。

贵族甲 前天累尊价空劳往返，希望您不要见怪。

泰门 啊！老兄，那是小事，请您不必放在心上。

贵族乙 大人——

泰门 啊！我的好朋友，什么事？

贵族乙 大人，我真是说不出的惭愧，前天您叫人来看我的时候，不巧我正是身无分文。

泰门 老兄不必介意。

贵族乙 要是您再早两点钟叫人来——

泰门 请您不要把这种事留在记忆里。（众仆端酒食上）来，把所有的盘子放在一起。

贵族乙 盘子上全都罩着盖！

贵族甲 一定是奇珍异味哩。

贵族丙 那还用说吗，只要是出了钱买得到的东西。

贵族甲 您好？近来有什么消息？

贵族丙 艾西巴第斯被放逐了；您听见人家说起没有？

贵族甲、贵族乙 艾西巴第斯被放逐了！

贵族丙 是的，这消息是的确的。

贵族甲 怎么？怎么？

贵族乙 请问是为了什么原因？

泰门 各位好朋友，大家过来吧。

贵族丙 等会儿我再详细告诉您。看来又是一场盛大的欢宴。

贵族乙 他还是原来那样子。

贵族丙 这样子能够维持长久吗？

贵族乙 也许；可是——那就——

贵族丙 我明白您的意思。

泰门 请大家用着和爱人接吻那样热烈的情绪，各人就各人的座位吧；你们的菜肴是完全一律的。不要拘泥礼节，逊让得把肉菜都冷了。请坐，请坐。我们必须先向神明道谢：——神啊，我们感谢你们的施与，赞颂你们的恩惠；可是不要把你们所有的一切完全给人，免得你们神灵也要被人蔑视。借足够的钱给每一个人，不使他再转借给别人；因为如果你们神灵也要向人类告贷，人类是会把神明舍弃的。让人们重视肉食，甚于把肉食赏给他们的人。让每一处有二十个男子的所在，聚集着二十个恶徒；要是有十二个妇人围桌而坐，让她们中间的十二个人保持她们的本色。神啊！那些雅典的元老们，以及黎民众庶，请你们鉴察他们的罪恶，让他们遭受毁灭的命运吧。至于我这些在座的朋友，他们本来对于我漠不相关，所以我不给他们任何的祝福，我所用来款待他们的也只有空虚的无物。揭开来，狗子们，舔你们的盆子吧。（众盘揭开，内满贮温水。）

一宾客 他这种举动是什么意思？

另一宾客 我不知道。

泰门 请你们永远不再见到比这更好的宴会，你们这一群口头的朋友！蒸汽和温水是你们最好的饮食。这是泰门最后一次的宴会了；他因为被你们的谄媚蒙住了心窍，所以要把它洗干净，把你们这些恶臭的奸诈仍旧洒还给你们。（浇水于众客脸上）愿你们老而不死，永远受人憎恶，你们这些微笑的、柔和的、可厌的寄生虫，彬彬有礼的破坏者。驯良的豺狼，温顺的熊，命运的弄人，酒食征逐的朋友，趋炎附势的青蝇，脱帽屈膝的奴才，水汽一样轻浮的么麽小丑！一切人畜的恶症侵蚀你们的全身！什么！你要走了吗？且慢！你还没有把你的教训带去，——还有你，——还有你；等一等，我有钱借给你们哩，我不要向你们借钱呀！（将盘子掷众客身，众下）什么！大家都要走了吗？从此以后，让每一个宴会上把奸人尊为上客吧。屋子，烧起来呀！雅典，陆沉了吧！从此以后，泰门将要痛恨一切的人类了！（下。）

> 众贵族、元老等重上。

贵族甲 嗳哟，各位大人！

贵族乙 您知道泰门发怒的缘故吗？

贵族丙 嘿！您看见我的帽子吗？

贵族丁 我的袍子也丢了。

贵族甲 他已经发了疯啦，完全在逞着他的性子乱闹。前天他给我一颗宝石，现在他又把它从我的帽子上打下来了。你们看见我的宝石吗？

贵族丙 您看见我的帽子吗？

贵族乙　在这儿。

贵族丁　这儿是我的袍子。

贵族甲　我们还是快走吧。

贵族乙　泰门已经疯了。

贵族丙　他把我的骨头都捶痛了呢。

贵族丁　他高兴就给我们金刚钻，不高兴就用石子扔我们。（同
　　下。）

第四幕

第一场　雅典城外

泰门上。

泰门　让我回头瞧瞧你。城啊，你包藏着如许的豺狼，快快陆沉吧，不要再替雅典做藩篱！已婚的妇人们，淫荡起来吧！子女们不要听父母的话！奴才们和傻瓜们，把那些年高德劭的元老们拉下来，你们自己坐上他们的位置吧！娇嫩的处女变成人尽可夫的娼妓，当着你们父母的眼前跟别人通奸吧！破产的人，不要偿还你们的欠款，用刀子割破你们债主的咽喉吧！仆人们，放手偷窃吧！你们庄严的主人都是借着法律的名义杀人越货的大盗。婢女们，睡到你们主人的床上去吧；你们的主妇已经做卖淫妇去了！十六岁的儿子，夺下你步履龙钟的老父手里的拐杖，把他的脑浆敲

雅典的泰门

出来吧！孝亲敬神的美德、和平公义的正道、齐家睦邻的要义、教育、礼仪、百工的技巧、尊卑的品秩、风俗、习惯，一起陷于混乱吧！加害于人身的各种瘟疫，向雅典伸展你们的毒手，播散你们猖獗传染的热病！让风湿钻进我们那些元老的骨髓，使他们手脚瘫痪！让淫欲放荡占领我们那些少年人的心，使他们反抗道德，沉溺在狂乱之中！每一个雅典人身上播下了疥癣疮毒的种子，让他们一个个害起癞病！让他们的呼吸中都含着毒素，谁和他们来往做朋友都会中毒而死！除了我这赤裸裸的一身以外，我什么也不带走，你这可憎的城市！我给你的只有无穷的咒诅！泰门要到树林里去，和最凶恶的野兽做伴侣，比起无情的人类来，它们是要善良得多了。天上一切神明，听着我，把那城墙内外的雅典人一起毁灭了吧！求你们让泰门把他的仇恨扩展到全体人类，不分贵贱高低！阿门。（下。）

第二场　雅典。泰门家中一室

弗莱维斯及二三仆人上。

仆甲　请问总管，我们的主人呢？我们全完了吗？被丢弃了吗？什么也没有留下吗？

弗莱维斯　唉！兄弟们，我应当对你们说些什么话呢？正直的天神可以替我作证，我跟你们一样穷。

仆甲　这样一份人家也会冰消瓦解！这样一位贵主人也会一朝失势！什么都完了！没有一个朋友和他患难相依！

仆乙 正像我们送已死的同伴下葬以后就掉头而去一样，他的知交一见他的财产化为泥土，也就悄悄溜走，只有他们所发的虚伪的誓言，还像一个已经掏空的钱袋似的留在他的身边。可怜的他，变成一个无家可归的叫化，因为害着一身穷病，弄得人人走避，只好一个人踽踽独行。又有几个我们的弟兄来了。

> 其他仆人上。

弗莱维斯 都是一个破落人家的一些破碎的工具。

仆丙 可是我们心里都还穿着泰门发给我们的制服，我们的脸上都流露着眷怀故主的神色。我们现在遭逢不幸，依然是亲密的同伴。我们的大船已经漏了水，我们这些可怜的水手，站在向下沉没的甲板上，听着海涛的威胁；在这茫茫的大海之中，我们必须从此分散了。

弗莱维斯 各位好兄弟们，我愿意把我剩余下来的几个钱分给你们。以后我们无论在什么地方相会，为了泰门的缘故，让我们仍旧都是好朋友；让我们摇摇头，叹口气，悲悼我们主人家业的零落，说，"我们都是曾经见过好日子的。"各人都拿一些去；（给众仆钱）不，大家伸出手来。不必多说，我们现在穷途离别，让悲哀充塞着我们的胸膛吧。（众仆互相拥抱，分别下）啊，荣誉带给我们的残酷的不幸！财富既然只替人招来了困苦和轻蔑，谁还愿意坐拥巨资呢？谁愿意享受片刻的荣华，徒做他人的笑柄？谁愿意在荣华的梦里，相信那些虚伪的友谊？谁还会贪恋那些和趋炎附势的朋友同样不可靠的尊荣豪贵？可怜的老实的大爷！他因为自己心肠太好，所以才到了今天这个地步！谁

雅典的泰门

想得到，一个人行了太多的善事反是最大的罪恶！谁还敢再像他一半仁慈呢？慷慨本来是天神的德性，凡人慷慨了却会损害他自己。我们最亲爱的大爷，你是一个有福之人，却反而成为最倒楣的一个，你的万贯家财害得你如此凄凉，你的富有变成了你的最大的痛苦。唉！仁慈的大爷，他因为气不过这些忘恩负义的朋友，才一怒而去；他既然没有携带活命的资粮，又没有一些可以变换衣食的财帛。我要追寻他的踪迹，尽心竭力侍候他的旨意；当我还有一些金钱在手的时候，我仍然是他的管家。（下。）

第三场　海滨附近的树林和岩穴

泰门自穴中上。

泰门　神圣的化育万物的太阳啊！把地上的瘴雾吸起，让天空中弥漫着毒气吧！同生同长、同居同宿的孪生兄弟，也让他们各人去接受不同的命运，让那贫贱的人被富贵的人所轻蔑吧。重视伦常天性的人，必须遍受各种颠沛困苦的凌虐；灭伦悖义的人，才会安享荣华。让乞儿跃登高位，大臣退居贱职吧；元老必须世世代代受人蔑视，乞儿必须享受世袭的光荣。有了丰美的牧草，牛儿自然肥胖；缺少了饲料它就会瘦瘠下来。谁敢秉着光明磊落的胸襟挺身而起，说"这人是一个谄媚之徒"？要是有一个人是谄媚之徒，那么谁都是谄媚之徒；因为每一个按照财产多寡区分的阶级，都要被次一阶级所奉承；博学的才人必须向多金的愚夫鞠躬致敬。在我们万恶的天性之中，一切都是歪曲偏斜的，一切都是奸邪淫恶。所以，让我永远厌弃人类的社会吧！泰门憎恨形状像人一样的东西，他也憎恨他自己；愿毁灭吞噬整个人类！泥土，给我一些树根充饥吧！（掘地）谁要是希望你给他一些更好的东西，你就用你最猛烈的毒物餍足他的口味吧！咦，这是什么？金子！黄黄的、发光的、宝贵的金子！不，天神们啊，我不是一个游手好闲的信徒；我只要你们给我一些树根！这东西，只这一点点儿，就可以使黑的变成白的，丑的变成美的，错的变成对的，卑贱变成尊贵，老人变成少年，懦夫变成勇士。嘿！你们这些天神们啊，为什么要给我这东西呢？嘿，这东西会把你们的祭司和仆人从你们的身旁拉走，把壮士头颅底下的枕垫抽去；这黄色的奴隶可以使异教联盟，同宗分裂；它可以使受咒诅的人得福，使害着灰白色的癞病的人为众人所敬爱；它可以使窃贼得到高爵显位，和元老们分庭抗礼；它可以使鸡皮黄脸的寡妇重做新娘，即使她的尊容会使身染恶疮的人见了呕吐，有了这东西也会恢复三春的娇艳。来，该死的土块，你这人尽可夫的娼妇，你惯会在乱七八糟的列国之间挑起纷争，我倒要让你去施展一下你的神通。（远处军队行进声）嘿！鼓声吗？你还是活生生的，可是我要把你埋葬了再说。不，当那看守你的人已经疯瘫了的时候，你也许要逃走，且待我留着这一些作质。（拿了若干金子。）

　　鼓角前导，艾西巴第斯戎装率菲莉妮娅、提曼德拉同上。

艾西巴第斯　你是什么？说。

泰门　我跟你一样是一头野兽。愿蛆虫蛀掉了你的心，因为你又让我看见了人类的面孔！

艾西巴第斯　你叫什么名字？你自己是一个人，怎么把人类恨到这个样子？

泰门　我是恨世者，一个厌恶人类的人。我倒希望你是一条狗，那么也许我会喜欢你几分。

艾西巴第斯　我认识你是什么人，可是不知道你为什么会变成这样。

泰门　我也认识你；除了我知道你是什么人之外，我不要再知道什么。跟着你的鼓声去吧；用人类的血染红大地；宗教的戒条、民事的法律，哪一条不是冷酷无情的，那么谁能责怪战争的残酷呢？这一个狠毒的娼妓，虽然瞧上去像个天使一般，杀起人来却比你的刀剑还要厉害呢。

菲莉妮娅　烂掉你的嘴唇！

泰门　我不要吻你；你的嘴唇是有毒的，让它自己烂掉吧。

艾西巴第斯　尊贵的泰门怎么会变成这个样子？

泰门　正像月亮一样，因为缺少了可以照人的光；可是我不能像月亮一样缺而复圆，因为我没有可以借取光明的太阳。

艾西巴第斯　尊贵的泰门，我可以为你做些什么事，来表示友谊呢？

泰门　不必，只要你支持我的意见。

艾西巴第斯　什么意见，泰门？

泰门　用口头上的友谊允许人家，可是不要履行你的允诺；要是你不允许人家，那么神明降祸于你，因为你是一个人！

要是你果然履行允诺，那么愿你沉沦地狱，因为你是一个人！

艾西巴第斯　我曾经略为听到过一些你的不幸的遭际。

泰门　当我有钱的时候，你就看见过我是怎样地不幸了。

艾西巴第斯　我现在才看见你的不幸；当初你是很享福的。

泰门　正像你现在一样，给一对娼妓挟住了不放。

提曼德拉　这就是那个受尽世人歌颂的雅典的宠儿吗？

泰门　你是提曼德拉吗？

提曼德拉　是的。

泰门　做你一辈子的婊子去吧；把你玩弄的那些人并不真心爱你；他们在你身上发泄过兽欲以后，你就把恶疾传给他们。利用你的淫浪的时间，把他们放进腌缸里或汽浴池中，把那些红颜的少年消磨得形销骨立吧。

提曼德拉　该死的妖魔！

艾西巴第斯　原谅他，好提曼德拉，因为他遭逢变故，他的神志已经混乱了。豪侠的泰门，我近来钱囊羞涩，为了饷糈不足的缘故，我的部队常常发生叛变。我也很痛心，听到那可咒诅的雅典怎样轻视你的才能，忘记你的功德，倘不是靠着你的威名和财力，这区区的雅典城早被强邻鲸食了——

泰门　请你敲起鼓来，快点走开吧。

艾西巴第斯　我是你的朋友，我同情你，亲爱的泰门。

泰门　你这样跟我胡缠，还说同情我吗？我宁愿一个人在这里。

艾西巴第斯　好，那么再会；这儿有一些金子，你拿去吧。

泰门　金子你自己留着，我又不能吃它。

艾西巴第斯 　等我把骄傲的雅典踏成平地以后——

泰门 　你要去打雅典吗？

艾西巴第斯 　是的，泰门，我有充分的理由哩。

泰门 　愿天神降祸于所有的雅典人，让他们一个个在你剑下丧命；等你征服了雅典以后，愿天神再降祸于你！

艾西巴第斯 　为什么降祸于我，泰门？

泰门 　因为天生下你来，要你杀尽那些恶人，征服我的国家。把你的金子藏好了；快去。我这儿还有些金子，也一起给了你吧。快去。愿你奉行天罚，像一颗高悬在作恶多端的城市上的灾星一般，别让你的剑下放过一个人。不要怜悯一把白须的老翁，他是一个放高利贷的人。那凛然不可侵犯的中年妇人，外表上虽然装得十分贞淑，其实却是一个鸨妇，让她死在你的剑下吧。也不要因为处女的秀颊而软下了你的锐利的剑锋；这些惯在窗棂里偷看男人的丫头们，都是可怕的叛徒，不值得怜惜。也不要饶过婴孩，像一个傻子似的看见他的浮着酒涡的微笑而大发慈悲；你应当认为他是一个私生子，上天已经向你隐约预示他将来长大以后会割断你的咽喉，所以你必须硬着心肠把他剁死。你的耳朵上、眼睛上，都要罩着一重厚甲，让你听不到母亲、少女和婴孩们的啼哭，看不见披着圣服的祭司的流血。把这些金子拿去分给你的兵士们，让他们去造成一次大大的纷乱；等你的盛怒消释以后，愿你也不得好死！不必多说，快去。

艾西巴第斯 　你还有金子吗？我愿意接受你给我的金子，可是不能完全接受你的劝告。

泰门 接受也好，不接受也好，愿上天的咒诅降在你身上！

菲莉妮娅、提曼德拉 好泰门，给我们一些金子；你还有吗？

泰门 有，有，有，我有足够的金子，可以使一个妓女改业，自己当起老鸨来。揭起你们的裙子来，你们这两个贱婢。你们是不配发誓的，虽然我知道你们发起誓来，听见你们的天神也会浑身发抖，毛骨悚然；不要发什么誓了，我愿意信任你们。做你们一辈子的婊子吧；要是有什么仁人君子，想要劝你们改邪归正，你们就得施展你们的狐媚伎俩引诱他，使他在欲火里丧身。一辈子做你们的婊子吧；你们的脸上必须满涂着脂粉，让马蹄踏上去都会拔不出来。

菲莉妮娅、提曼德拉 好，再给我们一些金子。还有什么吩咐？相信我们，只要有金子，我们是什么都愿意干的。

泰门 把痨病的种子播在人们枯干的骨髓里；让他们胫骨疯瘫，不能上马驰驱。嘶哑了律师的喉咙，让他不再颠倒黑白，为非分的权利辩护，鼓弄他的如簧之舌。叫那痛斥肉体的情欲、自己不相信自己的话的祭司害起满身的癞病；叫那长着尖锐的鼻子、一味钻营逐利的家伙烂去了鼻子；叫那长着一头鬈曲秀发的光棍变成秃子；叫那不曾受过伤、光会吹牛的战士也从你们身上受到一些痛苦：让所有的人都被你们害得身败名裂。再给你们一些金子；你们去害了别人，再让这东西来害你们，愿你们一起倒在阴沟里死去！

菲莉妮娅、提曼德拉 宽宏慷慨的泰门，再给我们一些金子吧，你还有什么话要对我们说呢？

泰门 你们先去多卖几次淫，多害几个人；回头来我还有金子给你们。

艾西巴第斯 敲起鼓来，向雅典进发！再会，泰门；要是我此去能够成功，我会再来访问你的。

泰门 要是我的希望没有落空，我再也不要看见你了。

艾西巴第斯 我从来没有得罪过你。

泰门 可是你说过我的好话。

艾西巴第斯 这难道对你是有害的吗？

泰门 人们每天都可以发现说好话的人总是不怀好意。走开，把你这两条小猎狗带了去。

艾西巴第斯 我们留在这儿反而惹他生气。敲鼓！（敲鼓；艾西巴第斯、菲莉妮娅、提曼德拉同下。）

泰门 想不到在饱尝人世的无情之后，还会感到饥饿；你万物之母啊，（掘地）你的不可限量的胸腹，孳乳着繁育着一切；你的精气不但把傲慢的人类，你的骄儿，吹嘘长大，也同样生养了黑色的蟾蜍、青色的蝮蛇、金甲的蝾螈，盲目的毒虫以及一切光天化日之下可憎可厌的生物；请你从你那丰饶的怀里，把一块粗硬的树根给那痛恨你一切人类子女的我果果腹吧！枯萎了你的肥沃多产的子宫，让它不要再生出负心的人类来！愿你怀孕着虎龙狼熊，以及一切宇宙覆载之中所未见的妖禽怪兽！啊！一个根；谢谢。干涸了你的血液，枯焦了你的土壤；忘恩负义的人类，都是靠着你的供给，用酒肉填塞了他的良心，以致于迷失了一切的理性！

　　　　　艾帕曼特斯上。

泰门 又有人来！该死！该死！

艾帕曼特斯 人家指点我到这儿来；他们说你学会了我的举止，

模仿着我的行为。

泰门 因为你还不曾养一条狗，否则我倒宁愿学它；愿瘰病抓了你去！

艾帕曼特斯 你这种样子不过是一时的感触，因为运命的转移而发生的懦怯的忧郁。为什么拿起这柄锄头？为什么住在这个地方？为什么穿上这身奴才的装束？为什么露出这样忧伤的神色？向你献媚的家伙现在还穿的是绸缎，喝的是美酒，睡的是温软的被褥，彻底忘记了世上曾经有过一个名叫泰门的人。不要装出一副骂世者的腔调，害这些山林蒙羞吧。还是自己也去做一个献媚的人，在那些毁荡了你的家产的家伙手下讨生活吧。弯下你的膝头，让他嘴里的气息吹去你的帽子；尽管他发着怎样大的脾气，你都要把他恭维得五体投地。你应当像笑脸迎人的酒保一样，倾听着每一个流氓恶棍的话；你必须自己也做一个恶棍，要是你再发了财，也不过让恶棍们享用了去。可不要再学着我的样子啦。

泰门 要是我像了你，我宁愿把自己丢掉。

艾帕曼特斯 你因为像你自己，早已把你自己丢掉了；你做了这么久的疯人，现在却变成了一个傻子。怎么！你以为那凛冽的霜风，你那喧嚷的仆人，会把你的衬衫烘暖吗？这些寿命超过鹰隼、罩满苍苔的老树，会追随你的左右，听候你的使唤吗？那冰冻的寒溪会替你在清晨煮好粥汤，替你消除昨夜的积食吗？叫那些赤裸裸地生存在上天的暴怒之中、无遮无掩受着风吹雨打霜雪侵凌的草木向你献媚吧；啊！你就会知道——

泰门 你是一个傻子。快去。

艾帕曼特斯 我从来不曾像现在这样喜欢过你。

泰门 我从来不曾像现在这样讨厌过你。

艾帕曼特斯 为什么?

泰门 因为你向贫困献媚。

艾帕曼特斯 我没有献媚,我说你是一个下流的恶汉。

泰门 为什么你要来找我?

艾帕曼特斯 因为我要惹你恼怒。

泰门 这是一个恶徒或者愚人的工作。你以为惹人家恼怒对于你自己是一件乐事吗?

艾帕曼特斯 是的。

泰门 怎么!你又是一个无赖吗?

艾帕曼特斯 要是你披上这身寒酸的衣服,目的只是要惩罚你自己的骄傲,那么很好;可是你是出于勉强的,倘然你不再是一个乞丐,你就会再去做一个廷臣。自愿的贫困胜如不定的浮华;穷奢极欲的人要是贪得无厌,比最贫困而知足的人更要不幸得多了。你既然这样困苦,应该但求速死。

泰门 我不会听了一个比我更倒楣的人的话而去寻死。你是一个奴隶,命运的温柔的手臂从来不曾拥抱过你。要是你从呱呱堕地的时候就跟我们一样,可以随心所欲地享受这浮世的欢娱,你一定已经沉溺在无边的放荡里,把你的青春销磨在左拥右抱之中,除了一味追求眼前的淫乐以外,再也不会知道那些冷冰冰的人伦道德。可是我,整个的世界曾经是我的糖果的作坊;人们的嘴、舌头、眼睛和心都争先恐后地等候着我的使唤,虽然我没有这许多工作可以给他们做；无数的人像叶子依附橡树一般依附着我，可是经不起冬风的一吹，他们便落下枝头，剩下我赤裸裸的枯干，去忍受风雨的摧残；像我这样享福过来的人，一旦挨受这种逆运，那才是一件难堪的重荷；你却是从开始时候就尝到人世的痛苦的，经验已经把你磨炼得十分坚强了。你为什么厌恶人类呢？他们从来没有向你献过媚；你曾经有些什么东西给人家呢？倘然你要咒骂，你就得咒骂你的父亲，那个穷酸的叫化，他因为一时起兴，和一个女乞婆养下了你这世袭的穷光蛋来。滚开！快去！倘然你不是生下来就是世间最下贱的人，你就是个奸佞的小人。

艾帕曼特斯 你现在还是这样骄傲吗？

泰门 是的，因为我不是你而骄傲。

艾帕受特斯 我也因为不是一个浪子而骄傲。

泰门 我因为现在是个浪子而骄傲。要是我所有的一切钱财都在你的手掌之中，我也不向你要。快去！但愿全体雅典人的生命都在这块根里，我要像这样把它一口吞下！（食树根。）

艾帕曼特斯 你要我带些什么去给雅典人？

泰门 但愿一阵旋风把你卷到雅典去。要是你愿意，你可以告诉他们我这儿有金子；瞧，我有金子。

艾帕曼特斯 你在这儿用不着金子。

泰门 金子在这儿才是最好最真的，因为它安安静静地躺在这儿，不被人利用去为非作歹。

艾帕曼特斯 晚上在什么地方睡觉，泰门？

泰门 在太虚的覆罩之下。你白天在什么地方吃东西，艾帕曼特斯？

艾帕曼特斯　在我的肚子找到肉食的地方；或者说，在我吃东西的地方。

泰门　我希望鸩毒服从我的意志！

艾帕曼特斯　你要把它送到什么地方去？

泰门　撒在你的食物里。

艾帕曼特斯　你只知道人生中的两个极端，不曾度过中庸的生活。当你锦衣美服、麝香熏身的时候，他们讥笑你的繁文缛礼；现在你不衫不履，敝首垢面，他们又蔑视你的落拓疏狂。

泰门　艾帕曼特斯，要是全世界俯伏在你的脚下，你预备把它怎样处置？

艾帕曼特斯　把它送给野兽，吃尽了所有的人类。

泰门　你愿意置身于人类的混乱之中，而与众兽为伍，做一头畜生吗？

艾帕曼特斯　是的，泰门。

泰门　愿天神保佑你达到这一个畜生的愿望。要是你做了狮子，狐狸会来欺骗你；要是你做了羔羊，狐狸会来吃了你；要是你做了狐狸，万一驴子把你告发，狮子会对你起疑心；要是你做了驴子，你的愚蠢将使你受苦，而且你也不免做豺狼的一顿早餐；要是你做了狼，你的贪馋将使你烦恼，而且常常要为着求食而冒生命的危险；要是你做了犀牛，你的骄傲和凶暴将使你受罪，让你自己被你的盛怒所克服；要是你做了熊，你要死在马蹄的践踏之下；要是你做了马，你要被豹子所攫噬；要是你做了豹，你是狮子的近亲，你身上的斑纹将使你送命。你没有安全，没有保障。你要做一头什么野兽，才可以不受别的野兽的侵害呢？你不知道你现在已经是一头什么野兽，你在变形以后将要遭到怎样的不幸。

艾帕曼特斯 你这番话讲得倒很有理；雅典已经变成一个众兽群居的林薮了。

泰门 那么驴子是怎样冲破了城墙，让你溜到城外来的？

艾帕曼特斯 那里有一个诗人和一个画师来了；愿来来往往的人们把你缠扰得不得安宁！我可要敬谢不敏，抽身远避了。当我不知道还有什么事情可做的时候，我会再来瞧你的。

泰门 当世间除了你之外死得什么都不剩的时候，我会欢迎你的。我宁愿做乞丐手里牵着的狗，也不愿做艾帕曼特斯。

艾帕曼特斯 你是世上天字第一号的大傻瓜。

泰门 我希望你再干净点儿，可以让我把唾涎吐在你身上！

艾帕曼特斯 愿你遭瘟！你太坏了，我简直不屑咒你！

泰门 所有的恶人站在你身边，相形之下也会变成正人君子。

艾帕曼特斯 你一说话，嘴里也会掉下癞病来。

泰门 要是我再提起你的名字的话。倘不是怕污了我的手，我早就打你了。去，你这癞狗生的杂种！世上会有你这样的人活着，把我气也气死了；我一见了你就要气昏了脑袋。

艾帕曼特斯 我希望你会气破了肚子！

泰门 去，你这讨厌的混蛋！算我倒楣，还要赔一块石子来扔你。
（向艾帕曼特斯掷石。）

艾帕曼特斯 畜生！

泰门 奴才！

艾帕曼特斯　蛤蟆！

泰门　混蛋，混蛋，混蛋！我讨厌这个虚伪的世界和这个世界上所有的一切。所以，泰门，赶快预备你的坟墓吧；安息在海水的泡沫可以每天打击你的墓碣的地方；刻下你的墓志铭，让你的一死讥刺着世人的偷生苟活。（视金）啊，你可爱的凶手，帝王逃不过你的掌握，亲生的父子会被你离间！你灿烂的奸夫，淫污了纯洁的婚床！你勇敢的战神！你永远年轻韶秀、永远被人爱恋的娇美的情郎，你的羞颜可以融化了狄安娜女神膝上的冰雪！你有形的神明，你会使冰炭化为胶漆，仇敌互相亲吻！你会说任何的方言，使每一个人唯命是从！你动人心坎的宝物啊！你的奴隶，那些人类，要造反了，快快运用你的法力，让他们互相砍杀，留下这个世界来给兽类统治吧。

艾帕曼特斯　但愿如此；可是等我死了再说。我要去对他们说你有金子；不久他们就要蜂拥而来了。

泰门　蜂拥而来？

艾帕曼特斯　正是。

泰门　请你快给我滚开。

艾帕曼特斯　活下去，喜爱你的困苦吧！（下。）

泰门　好容易把他赶走了。又有些像人一样的东西来啦！真讨厌！

　　　　　　　　众窃贼上。

贼甲　他哪里来的这些金子？那一定是他剩在身边的一些碎片零屑。他就是因为囊中金罄，友朋离散，所以才发起疯来的。

贼乙　听说他还有许多宝贝。

贼丙　让我们吓唬他一下：要是他不爱惜金银，一定会双手捧给
　　　　我们的；要是他推推托托不肯交出来，那便怎么办呢？

贼乙　不错，他并不把它们放在身边，一定是藏得好好的。

贼甲　这不就是他吗？

众贼　在哪儿？

贼乙　正是他的样子。

贼丙　他；我认识是他。

众贼　你好，泰门？

泰门　好哇，你们这些偷儿？

众贼　我们是兵士，不是偷儿。

泰门　是兵士，也是偷儿；你们都是妇人的儿子。

众贼　我们不是偷儿，不过是些什么都没有的穷光蛋。

泰门　你们没有东西吃吗？为什么没有？瞧，地下生着各种草木
　　　　的根；在这一哩以内，长着多少的山蔬野草；橡树上长着
　　　　橡果，野蔷薇也长着一粒粒红色的果实；那慷慨的主妇，
　　　　大自然，在每一棵植物上替你们安排好美食，你们还嫌没
　　　　有东西吃吗？

贼甲　我们不能像鸟兽游鱼一样，靠着吃草啄果、喝些清水过
　　　　活呀。

泰门　你们也不能靠着吃鸟兽游鱼的肉过活；你们是一定要吃人
　　　　的。可是我还是要谢谢你们，因为你们都是明目张胆地做
　　　　贼，并不蒙着庄严神圣的假面具；那些道貌岸然的正人君
　　　　子，才是最可怕的穿窬大盗哩。你们这些鼠贼，拿着这些
　　　　金子去吧。去，痛痛快快地喝个醉，让烈酒烧枯你们的血
　　　　液，免得你们到绞架上去受苦。不要相信医生的话，他的

药方上都是毒药，他杀死的比你们偷窃的还多。放手偷吧，尽情杀吧；你们既然做了贼，尽管把恶事当作正当的工作一样做去吧。我可以讲几个最大的窃贼给你们听：太阳是个贼，用他的伟大的吸力偷窃海上的潮水；月亮是个无耻的贼，她的惨白的光辉是从太阳那儿偷来的；海是个贼，他的汹涌的潮汐把月亮溶化成咸的眼泪；地是个贼，他偷了万物的粪便作肥料，使自己肥沃；什么都是贼，那束缚你们鞭打你们的法律，也凭借它的野蛮的威力，实行不受约制的偷窃。不要爱你们自己；快去！各人互相偷窃。再拿一些金子去吧。放大胆子去杀人；你们所碰到的人没有一个不是贼。到雅典去，打开人家的店铺；你们所偷到的东西没有一件本来不是贼赃。不要因为我给了你们金子就不去做贼：让金子送了你们的性命！阿门。

贼丙　他劝我做贼，反而把我说得不愿意做贼了。

贼甲　他因为痛恨人类，所以这样劝告我们；他不是希望我们靠着做贼发财享福。

贼乙　我要把他的话当作仇敌的话，放弃我的本行了。

贼甲　让我们替雅典维持治安；无论时世怎样艰难，一个人总可以安分度日的。（众贼下。）

　　　　　弗莱维斯上。

弗莱维斯　天哪！那个衣服褴褛、形容枯槁的人，便是我的主人吗？他怎么会衰落到这个地步？为善的人竟会得到这样的恶报！从前那样炙手可热，一朝穷了下来，就要受尽世人的冷眼！世上还有什么东西比那些把最高贵的人引到了最没落的下场的朋友们更可恶的！在这样尔虞我诈的人间，一个人与其爱他的朋友，还不如爱他的仇敌；虽然仇敌对我不怀好意，可是朋友却在实际上陷害我。他已经看见我了。我要向他表示我的真诚的同情，仍旧把他看作我的主人一样用我的生命为他服役。我的最亲爱的主人！

　　　　泰门上前。

泰门　走开！你是什么人？

弗莱维斯　您忘记我了吗，大爷？

泰门　为什么问我这个问题？我已经忘记了所有的人了；要是你承认自己是个人，那么我当然也忘记你了。

弗莱维斯　我是您的一个可怜的忠心的仆人。

泰门　那么我不认识你。我从来不曾有过一个忠心的仆人在我的身边；我只是养了一大群恶汉，侍候奸徒们的肉食。

弗莱维斯　神明可以作证，从来不曾有过一个可怜的管家像我一样为了他的破产的主人而衷心哀痛。

泰门　怎么！你哭了吗？过来，那么我爱你，因为你是一个女人，不是冷酷无情的男子，男子的眼睛除了激于情欲和大笑的时候以外，是从来不会潮润的。他们的恻隐之心久已睡去了；奇怪的时代，人们流泪是为了欢笑，不是为了哭泣！

弗莱维斯　请您不要把我当作陌生人，我的好大爷，接受我的同情的吊慰；我还剩着不多几个钱在此，请您仍旧让我做您的管家吧。

泰门　我竟有这样一个忠心正直的管家来安慰我吗？我的狂野的心都几乎被你软化了。让我瞧瞧你的脸。不错，这个人是妇人所生的。原谅我的抹杀一切的武断吧，永远清醒的神明们！我宣布这世界上还有一个正直的人，不要误会我，

雅典的泰门

只有一个，而且他是个管家。但愿没有其他的人和他一样，因为我要痛恨一切的人类！你虽然不再受我的憎恨，可是除了你以外，谁都要受我的咒诅。我想你这样老实，未免太不聪明，因为要是你现在欺骗我、凌辱我，也许可以早一点得到一个新的主人；许多人都是踏在他们旧主人的颈子上，去侍候他们的新主人的。可是老实告诉我——我虽然相信你，却不能不怀疑——你的好心是不是别有用意，像那些富人们送礼一样，希望得到二十倍的利息？

弗莱维斯　不，我的最尊贵的主人；唉！您到现在才懂得怀疑，已经太迟了。当您大开盛宴的时候，您就该想到人情的虚伪；可是一个人总要到了日暮途穷，方才知道人心是不可轻信的。天知道我现在向您表示的，完全是一片赤心，我不过对您高贵无比的精神呈献我的天职和热忱，关心您的饮食起居；相信我，我的最尊贵的大爷，我愿意把一切实际上或是希望中的利益，交换这一个愿望：只要您恢复原来的财势，就是给我莫大的报酬了。

泰门　瞧，我已经发了财了。你这唯一的善人，来，拿去；天神借手于我的困苦，把财富送给你了。去，快快活活地做个财主吧；可是你要遵照我一个条件：你必须在远离人踪的地方筑屋而居；痛恨所有的人，咒诅所有的人，不要对任何人发慈悲心，听任那枵腹的饿丐形销骨立，也不要给他一些饮食；宁可把你不愿给人类的东西拿去丢给狗；让监狱把他们吞咽，让重债把他们压死；让人们像枯树一样倒毙，让疾病吸干了他们奸诈的血！去吧，愿你有福！

弗莱维斯　啊，让我留着安慰安慰您吧，我的主人。

泰门 要是你不愿意挨骂，那么不要停留；趁你得到我的祝福、还是一个自由之身的时候，赶快逃走吧。你再也不要看见人类的面，再也不要让我看见你。（各下。）

第五幕

第一场　树林。泰门所居洞穴之前

诗人及画师上。

画师　照我所记得的这地方的样子，离他的住处不会怎么远了。

诗人　他这人真有点莫测高深。人家说他拥有大量的黄金，这谣言是真的吗？

画师　真的。艾西巴第斯就这样说；菲莉妮娅和提曼德拉都从他手里得到过金子；还有那些穷苦的流浪的兵士们，也拿了不少去。据说他给他的管家一笔很大的数目呢。

诗人　那么他这次破产不过是有意对他的朋友们的试探罢了。

画师　正是；您就会看见他再在雅典扬眉吐气，高居要津。所以我们应该在他佯为窘迫的时候向他献些殷勤，那可以表现出我们的热肠古道，而且要是关于他的多金的传言果然确实的话，那么我们枉道前来，也一定可以满载而归了。

诗人 您现在有些什么东西可以呈献给他的？

画师 我现在只是专诚拜访，东西可什么也没有；可是我将要允许他一幅绝妙的作品。

诗人 我也必须贡献他一些什么东西；我要告诉他我准备写一篇怎样的诗送给他。

画师 再好没有了。这年头儿最通行的就是空口许诺，它会叫人睁大了眼睛盼望，要是真的实行起来，那倒没有什么希罕了；只有那些老实愚蠢的人，才会把说过的话认真照办。诺言是最有礼貌、最合时尚的事，实行就像一种遗嘱，证明本人的理智已经害着极大的重症。

  泰门自穴中上。

泰门 （旁白）卓越的匠人！像你自己这样一副恶人的嘴脸，是画也画不出来的。

诗人 我正在想我应当说我预备写些什么献给他：那必须是一篇描写他自己的诗章；讽刺人世繁华的虚浮，指出那跟随在盛年与富裕后面的，是多少逢迎谄媚的丑态。

泰门 （旁白）你一定要在你自己的作品里充当一个恶徒吗？你要在别人的身上暴露你自己的弱点吗？很好，我有金子给你哩。

诗人 来，我们找他去吧。要是我们遇见了有利可获的机会而失之交臂，那就太对不起我们自己的幸运了。

画师 不错，趁着白昼的光亮不用你出钱的时候，应当赶快找寻你所要的东西，等到黑夜到来，那就太晚了。来。

泰门 （旁白）待我在转角的地方和你们相会吧。黄金真是一尊了不得的神明，即使他住在比猪窝还卑污的庙宇里，也会受人膜拜！你驱驶船只在海上航行，你使奴隶的心中发生敬羡；你是应该被人们顶礼的，让你的圣徒们永远罩着只接受你的使唤的瘟疫吧。我现在可以去见他们。（上前。）

诗人　祝福，可尊敬的泰门！

画师　我们高贵的旧主人！

泰门　我曾经看见过两个正人君子吗？

诗人　先生，我常常沾沐您的慷慨的恩施，听说您已经隐居避世，您的朋友们一个个冷落了踪迹，他们那种忘恩的天性——啊，没有良心的东西！上天把所有的刑罚降在他们身上也掩蔽不了他们的罪辜！嘿！他们居然会这样对待您，他们整个的心身都在您的星辰一样的仁惠之下得到化育！我简直气疯了，想不出用怎样巨大的字眼，才可以遮盖这种薄情无义的弥天罪恶。

泰门　不要遮盖它，让人家可以看得清楚一些。你们都是正人君子，还是把你们的本来面目公之大众吧。

画师　我们两个人常常受到您的霖雨一样的赏赐，感戴您的恩泽的深厚。

泰门　嗯，你们都是正人君子。

画师　我们专诚来此，想要为您略尽微劳。

泰门　真是正人君子！啊，我应当怎样报答你们呢？你们也会啃树根喝冷水吗？不见得吧。

画师、诗人　为了替您服役的缘故，只要是我们能够做的事，我们都愿意做。

泰门　你们是正人君子。你们已经听见我有金子；我相信你们一定已经听见这样的消息了。老实说出来吧，你们是正人君子。

画师　人家是在这样说，我的高贵的大爷；可是我的朋友跟我都不是因为这缘故才来的。

泰门　好一对正人君子！你画了全雅典最好的一帧脸谱，描摹得这样栩栩如生。

画师　不过如此，不过如此，大爷。

泰门　正是不过如此，先生。至于讲到你那些向壁虚造的故事，那么你的诗句里那种美妙婉转的辞藻，真可以说得上笔穷造化。可是虽然这么说，我的两位居心正直的朋友们，我必须说你们还有一个小小的缺点，不过这也不是什么了不得的缺点，我也不希望你们费许多的力量把它改正过来。

画师、诗人　请您明白告诉我们吧。

泰门　你们会见怪的。

画师、诗人　我们一定会非常感激您的开示。

泰门　真的吗？

画师、诗人　不要疑惑，尊贵的大爷。

泰门　你们都相信着一个大大地欺骗了你们的坏人。

画师、诗人　真的吗，大爷？

泰门　是的，你们听见他信口开河，看见他装腔作势，明明知道他不是个好东西，偏偏跟他要好，给他吃喝，把他视为心腹。

画师　我不知道有这样一个人，大爷。

诗人　我也不知道。

泰门　听着，我很喜欢你们；我愿意给你们金子，只要你们替我把你们这两个坏朋友除掉：随你们吊死他们也好，刺死他们也好，把他们扔在茅坑里淹死也好，或是用无论什么方法作弄他们，然后再来见我，我一定会给你们许多金子。

画师、诗人 请您说出他们的名字来，大爷；让我们知道他们究竟是谁。

泰门 你向那边走，你向这边走。你们一共只有两个人，可是你们两人分开以后，各人还有一个万恶的奸徒和他在一起。要是你不愿意有两个恶人在你的身边，那么不要走近他。（向诗人）要是你只要和一个恶人住在一处，那么不要和他来往。去，滚开！这儿有金子哩。你们是为着金子来的，你们这两个奴才！你们替我做了工了，这是给你们的工钱；去！你有炼金的本领，去把这些泥块炼成黄金吧。滚开，恶狗！（将二人打走，返入穴内。）

　　　　　　弗莱维斯及二元老上。

弗莱维斯 你们要去跟泰门说话是不可能的，因为他这样耽好孤寂，除了只有外形还像一个人的他自己而外，他觉得什么都是对他不怀好意的。

元老甲 带我们到他的洞里去；我们已经答应雅典人，负责向泰门说话。

元老乙 人们不是永远始终如一的；时间和悲哀使他变成这样一个人。要是命运加惠于他，恢复了他旧日的豪富，他也许仍旧会恢复原来的样子。带我们见他去，碰碰机会吧。

弗莱维斯 这就是他所住的山洞了。愿平和安宁降临在这儿！泰门大爷！泰门！出来，跟您的朋友们谈谈。雅典人派了两位最年高有德的元老来问候您了。跟他们谈谈吧，尊贵的泰门。

泰门自穴中上。

泰门 抚慰众生的太阳，烧起来吧！你们有什么话？快说，说过
了就给我上吊去。愿你们说了一句真话就长起一个水疱！
说了一句假话就会在舌根上烂一个窟窿！

元老甲 尊贵的泰门——

元老乙 雅典的元老们问候你，泰门。

泰门 我谢谢他们；要是我能够替他们把瘟疫招来，我愿意把它
送给他们。

元老甲 啊！忘记那些我们自己所悔恨的事吧。元老们众口一词
地诚意要求你回到雅典去；他们已经考虑到许多特殊的荣
典，等你回去接受。

元老乙 他们承认过去对你太冷酷无情了；现在雅典的公众已经
感觉到他们为了不曾给泰门援手，已经失去了一座患难时
可以倚畀的长城，所以他们才突破成例，叫我们前来表示
歉忱，并且向你呈献他们无限的爱敬和不可数计的财富，
补赎他们以往的过失。

泰门 你们这一番话，真说得我受宠若惊，差一点要感激涕零了。
借给我一颗愚人的心和一双妇人的眼睛，我就会听了这种
温慰的言语而哭泣起来，尊贵的元老们。

元老甲 那么请你跟我们一同回去，在我们的雅典，也就是你的
雅典，接受大将的尊位；你一定会得到人民的感谢，他们
会给你绝对的权力，你的美好的声名将和威权同在。我们
不久就可以逐退那来势汹汹的艾西巴第斯，他像一头横冲
直撞的野猪似的，捣毁了祖国的和平。

元老乙 向雅典的城墙摇挥他的咄咄逼人的剑锋。

元老甲 所以，泰门——

泰门 好，先生，很好；那么就这样吧：要是艾西巴第斯杀死了我的同胞，让艾西巴第斯知道，泰门是全不介意的。要是他把美好的雅典城劫掠一空，把我们那些善良的老人家们揪着胡须拉走，让我们那些圣洁的处女们去受那疯狂的、兽性的战争的污辱，那么让他知道，告诉他，泰门这样说，为了怜悯我们的老人和我们的少年，我不能不对他说，泰门对于这些是全不介意的，随他高兴怎么办就怎么办吧；因为只要你们还有不曾割断的咽喉，他们的刀是不会嫌血污的。至于我自己，那么，那横暴不法的敌人营里的每一把屠刀，都比雅典最可尊敬的咽喉更能获得我的好感。所以我现在把你们交付在幸运的天神的照顾之下，正像把一群窃贼交付给看守的人一样。

弗莱维斯 去吧，一切全都没用。

泰门 我刚才正在写我的墓志铭；你们明天就可以看见。健康和生活使我害了长久的病，现在我的宿疾已经开始痊愈，从虚无中间我得到了一切。去，继续活下去；愿艾西巴第斯给你们灾难，他也在你们手里遭灾，到头来大家同归于尽吧！

元老甲 我们的话都是白说。

泰门 可是我爱我的国家，人家虽然说我喜欢看见宗国的沦亡，其实我却不是那样的人。

元老甲 这才说得不错。

泰门 请你们替我向我的亲爱的同胞们致意——

元老甲　这样的话从您的嘴里出来，足见志士襟怀，毕竟与众
　　　　不同。

元老乙　它们进入我们的耳中，也像得胜荣归的勇士，在夹道欢
　　　　呼声中返旆国门一样。

泰门　替我向他们致意；告诉他们，为了减轻他们的忧虑，解除
　　　　他们对于敌人剑锋的恐惧，释免他们的痛苦、损失、爱情
　　　　的烦恼以及在生命的无定的航程中这脆弱的凡躯所遭受的
　　　　一切其他的不幸起见，我愿意给他们一些善意的贡献，指
　　　　点他们避免狂暴的艾西巴第斯的愤怒的方法。

元老乙　我很高兴他说这样的话；他会重新回去的。

泰门　我有一棵树长在我的住处的附近，因为我自己需用，不久
　　　　就要把它砍下来；告诉我的朋友们，告诉全雅典的人，叫
　　　　他们按照各人地位的高低分别先后，凡是有谁愿意解除痛
　　　　苦，就赶快到这儿来，在我那棵树未遭斧斤以前自己缢死。
　　　　请你们这样替我对他们说吧。

弗莱维斯　不要再跟他絮烦了，他总是这个样子的。

泰门　不要再来见我；对雅典说，泰门已经在海边的沙滩上筑好
　　　　他的万世的佳城，汹涌的波涛每天一次，向它喷吐着泡
　　　　沫；到那里来吧，让我的墓碑预示着你们的命运。

　　　　　让怨怼不挂唇，让言语消灭，

　　　　　灾难和瘟疫将会纠正一切！

　　　　　坟墓是人一世辛勤的成绩；

　　　　　隐去吧，阳光！陪着泰门安息。（下。）

元老甲　他的愤懑不平之气，已经深植在天性之中，再也消解不
　　　　掉了。

雅典的泰门

元老乙 我们对他的希望已经完了，还是回去凭着我们残余的力
　　　　量，想些其他的办法，尽力挽救危局吧。

元老甲 事不宜迟，我们快回去。（同下。）

第二场　雅典城墙之前

　　　　　　　　二元老及一使者上。

元老丙 难为你探到了这样的消息；他的军力果然像你所说的那
　　　　样雄壮吗？

使者 他的实际的力量，比我所说的还要强大得多；而且他的行
　　　　军非常迅速，大概就要到来了。

元老丁 要是他们不能劝诱泰门回来，我们的处境可真是危险万
　　　　分呢。

使者 我在路上碰见一个信差，是我旧日的朋友，虽然我们各事
　　　　一方，可是我们从前的交谊使我们泯除猜忌，像朋友一般
　　　　互吐真情。这个人是艾西巴第斯差他飞骑送信到泰门的洞
　　　　里去的，那信上要求他协力助攻雅典，因为这次举兵一部
　　　　分的原因也就是为了他。

元老丙 我们的两个同僚来了。

　　　　　　　　甲乙二元老自泰门处归。

元老甲 别再提起泰门的名字，别再对他存什么希望了。敌人的
　　　　鼓声已经近在耳边，一片尘沙扬蔽了天空。进去，赶快准
　　　　备起来；我怕我们要陷入敌人的罗网了。（同下。）

第三场　树林。泰门洞穴，相去不远有草草砌成的坟墓一座

一兵士上，寻找泰门。

兵士　照他们所说的样子看来，大概就是这儿了。有人吗？喂，说话呀！没有回答！这是什么？泰门死了，他的大限已到；这坟墓是什么野兽给他盖起来的，这儿是没有人住的地方。一定是死了；这便是他的坟墓。墓石上还有几行字，我可认不得；让我用蜡把它们拓下来；我们的主将什么文字都懂，他年纪虽轻，懂的事情可多哩。他现在一定已经在骄傲的雅典城前安下了营寨；攻陷那座城市是他的意志的目标。（下。）

第四场　雅典城墙之前

喇叭声；艾西巴第斯率军队上。

艾西巴第斯　吹起喇叭来，让这个懦怯的、淫秽的城市知道我们的大军已经来到。（吹谈判信号。）

元老等登城。

艾西巴第斯　在今天以前，由你们胡作非为，肆行不义，把你们的私心当作公道；在今天以前，我自己以及一切睡在你们权力的阴影下面的人，谁都是叉手徬徨，有冤莫诉。现在忍无可忍的时间已经到了，蹲伏惯了的脊骨，在重重的压迫之下，喊出"受不住了"的呼声；现在无告的冤苦将

要坐在你们宽大的安乐椅上喘息，短气的骄横将要狼狈奔逃了。

元老甲　尊贵的少年将军，你当初因为些微的误会一怒而去的时候，虽然你还是无拳无勇，我们无须恐惧你的报复，可是我们仍旧召你回来，好意抚慰你，用逾量的恩宠洗刷我们负心的罪戾。

元老乙　就是对于改换了形貌的泰门，我们也曾用谦恭的使节和优渥的允诺恳求他眷念我们的城市。我们并不全是冷酷无情的人，也不该不分皂白地同受战争的屠戮。

元老甲　我们这一座城墙，并不是建立于得罪你的那些人之手；这些巍峨的高塔、标柱和学校，更不应该为了私人的错误而同归毁灭。

元老乙　当初驱迫你出亡的那些人，因为自愧缺少应付非常的才能，中心惭疚，都已忧郁逝世了。尊贵的将军，带领你的大军，高扬你的旗帜，开进我们的城中吧；要是你不顾上天好生之德，你的复仇的欲望必须得到满足，那么请你在十人中杀死一人，让那不幸接触你的锋刃的作为牺牲吧。

元老甲　不是每一个人都犯罪；因为从前的人铸下了错误而向现在的人报复，这不是合乎公道的措置；罪恶和土地一样，都不是世袭的。所以，亲爱的兄弟，带你的队伍进来吧，可是把你的愤怒留在外面。宽恕你所生长的雅典摇篮，也不要在盛怒之中把你的亲人和那些得罪你的人同时骈戮；像一个牧人一般，你可以走到羊栏里，把那些染疫的牲畜拣出，可不要漫无区别地一律杀死。

元老乙　你要什么都可以用微笑取得，何必一定要用刀剑的威力诛求呢？

元老甲　你只要一踏到我们壁垒森严的门口，它们就会訇然开启，让你仁慈的心为你先容，通报你善意的来临。

元老乙　抛下你的手套，或是任何代表你的荣誉的纪念物，表示你这次攻城的目的，只是伸雪你的不平，不是破坏我们的安全；你的全部军队可以驻扎在我们城里，直等我们签准了你的全部要求为止。

艾西巴第斯　那么我就掷下我的手套。下来，打开你们未受攻击的城门；把泰门的和我自己的敌人交出来领死，其余一概不论。为了消释你们的疑虑、表明我的正直的胸襟起见，我还要下令严禁部下的士兵擅离营地，扰乱你们城市中的治安，凡是违反禁令的，一律交付你们按法严惩。

元老甲、元老乙　真是光明正大的说话。

艾西巴第斯　下来，实践你们自己的允诺。（元老等下城开门。）

　　　　　　　一兵士上。

兵士　启禀主将，泰门已经死了；他葬身在大海的边沿，在他的墓石上刻着这几行文字，我因为自己看不懂，已经用蜡把它们拓了下来。

艾西巴第斯　残魂不可招，

　　　　空剩臭皮囊；

　　　　莫问其中谁：

　　　　疫吞满路狼！

　　　　生憎举世人，

　　　　殁葬海之滣；

　　　　悠悠行路者，

雅典的泰门

速去毋相溷！

　　这几行诗句很可以表明你后来的心绪。虽然你看不起我们人类的悲哀，蔑视我们凉薄的天性里自然流露出来的泪点，可是你的丰富的想像使你叫那苍茫的大海永远在你低贱的坟墓上哀泣。高贵的泰门死了；他的记忆将永留人间。带我到你们的城里去；我要一手执着橄榄枝，一手握着宝剑，使战争孕育和平，使和平酝酿战争，这样才可以安不忘危，巩固国家的基础。敲起我们的鼓来。（众下。）

理查二世

剧中人物

理查二世

约翰·刚特　兰开斯特公爵

爱德蒙·兰格雷　约克公爵 ｝ 理查王之叔父

亨利·波林勃洛克　海瑞福德公爵，约翰·刚特之子，即位
　　　　后称亨利四世

奥墨尔公爵　约克公爵之子

托马斯·毛勃雷　诺福克公爵

萨立公爵

萨立斯伯雷伯爵

勃克雷勋爵

布希

巴各特 ｝ 理查王之近侍

格林

诺森伯兰伯爵

亨利·潘西·霍茨波　诺森伯兰伯爵之子

洛斯勋爵

威罗比勋爵

费兹华特勋爵

卡莱尔主教

威司敏斯特长老

司礼官

皮厄斯·艾克斯顿爵士

史蒂芬·斯克鲁普爵士

威尔士军队长

王后

葛罗斯特公爵夫人

约克公爵夫人

宫女

群臣、传令官、军官、兵士、园丁、狱卒、使者、马夫及其他侍从等。

地　　点

英格兰及威尔士各地

第一幕

第一场　伦敦。宫中一室

理查王率侍从、约翰·刚特及其他贵族等上。

理查王　高龄的约翰·刚特，德高望重的兰开斯特，你有没有遵照你的誓约，把亨利·海瑞福德，你的勇敢的儿子带来，证实他上次对诺福克公爵托马斯·毛勃雷所提出的激烈的控诉？那时我因为政务忙碌，没有听他说下去。

刚特　我把他带来了，陛下。

理查王　再请你告诉我，你有没有试探过他的口气，究竟他控诉这位公爵，是出于私人的宿怨呢，还是因为尽一个忠臣的本分，知道他确实有谋逆的行动？

刚特　据我从他嘴里所能探听出来的，他的动机的确是因为看到公爵在进行不利于陛下的阴谋，而不是出于内心的私怨。

理查王 那么叫他们来见我吧；让他们当面对质，怒目相视，我要听一听原告和被告双方无拘束的争辩。（若干侍从下）他们两个都是意气高傲、秉性刚强的人；在盛怒之中，他们就像大海一般聋聩，烈火一般躁急。

　　　　　　侍从等率波林勃洛克及毛勃雷重上。

波林勃洛克 愿无数幸福的岁月降临于我的宽仁慈爱的君王！

毛勃雷 愿陛下的幸福与日俱增，直到上天嫉妒地上的佳运，把一个不朽的荣名加在您的王冠之上！

理查王 我谢谢你们两位；可是两人之中，有一个人不过向我假意谄媚，因为你们今天来此的目的，是要彼此互控各人以叛逆的重罪。海瑞福德贤弟，你对于诺福克公爵托马斯·毛勃雷有什么不满？

波林勃洛克 第一——愿上天记录我的言语！——我今天来到陛下的御座之前，提出这一控诉，完全是出于一个臣子关怀他主上安全的一片忠心，绝对没有什么恶意的仇恨。现在，托马斯·毛勃雷，我要和你面面相对，听着我的话吧；我的身体将要在这人世担保我所说的一切，否则我的灵魂将要在天上负责它的真实。你是一个叛徒和奸贼，辜负国恩，死有余辜；天色越是晴朗空明，越显得浮云的混浊。让我再用奸恶的叛徒的名字塞在你的嘴里。请陛下允许我，在我离开这儿以前，我要用我正义的宝剑证明我的说话。

毛勃雷 不要因为我言辞的冷淡而责怪我情虚气馁；这不是一场妇人的战争，可以凭着舌剑唇枪解决我们两人之间的争端；热血正在胸膛里沸腾，准备因此而溅洒。可是我并没有唾面自干的耐性，能够忍受这样的侮辱而不发一言。首先因为当着陛下的天威之前，不敢不抑制我的口舌，否则我早就把这些叛逆的名称加倍掷还给他了。要不是他的身体里流着高贵的王族的血液，要不是他是陛下的亲属，我就要向他公然挑战，把唾涎吐在他的身上，骂他是一个造谣诽谤的懦夫和恶汉；为了证实他是这样一个人，我愿意让他先占一点儿上风，然后再和他决一雌雄，即使我必须徒步走到阿尔卑斯山的冰天雪地之间，或是任何英国人所敢于涉足的辽远的地方和他相会，我也决不畏避。现在我要凭着决斗为我的忠心辩护，凭着我的一切希望发誓，他说的全然是虚伪的谎话。

波林勃洛克 脸色惨白的战栗的懦夫，这儿我掷下我的手套，声明放弃我的国王亲属的身分；你的恐惧，不是你的尊敬，使你提出我的血统的尊严作为借口。要是你的畏罪的灵魂里还残留着几分勇气，敢接受我的荣誉的信物，那么俯身下去，把它拾起来吧；凭着它和一切武士的礼仪，我要和你彼此用各人的武器决战，证实你的罪状，揭穿你的谎话。

毛勃雷 我把它拾起来了；凭着那轻按我的肩头、使我受到骑士荣封的御剑起誓，我愿意接受一切按照骑士规矩的正当的挑战；假如我是叛徒，或者我的应战是不义的，那么，但愿我一上了马，不再留着活命下来！

理查王 我的贤弟控诉毛勃雷的，究竟是一些什么罪名？像他那样为我们所倚畀的人，倘不是果然犯下昭彰的重罪，是决不会引起我们丝毫恶意的猜疑的。

波林勃洛克 瞧吧，我所说的话，我的生命将要证明它的真实。

毛勃雷曾经借着补助王军军饷的名义，领到八千金币；正像一个奸诈的叛徒、误国的恶贼一样，他把这一笔饷款全数填充了他私人的欲壑。除了这一项罪状以外，我还要说，并且准备在这儿或者在任何英国人眼光所及的最远的边界，用武力证明，这十八年来，我们国内一切叛逆的阴谋，追本穷源，都是出于毛勃雷的主动。不但如此，我还要凭着他的罪恶的生命，肯定地指出葛罗斯特公爵是被他设计谋害的，像一个卑怯的叛徒，他嗾使那位公爵的轻信的敌人用暴力溅洒了他的无辜的血液；正像被害的亚伯一样，他的血正在从无言的墓穴里向我高声呼喊，要求我替他伸冤雪恨，痛惩奸凶；凭着我的光荣的家世起誓，我要手刃他的仇人，否则宁愿丧失我的生命。

理查王　他的决心多么大呀！托马斯·诺福克，你对于这番话有些什么辩白？

毛勃雷　啊！请陛下转过脸去，暂时塞住您的耳朵，让我告诉这侮辱他自己血统的人，上帝和善良的世人是多么痛恨像他这样一个说谎的恶徒。

理查王　毛勃雷，我的眼睛和耳朵是大公无私的；他不过是我的叔父的儿子，即使他是我的同胞兄弟，或者是我的王国的继承者，凭着我的御杖的威严起誓，这一种神圣的血统上的关连，也不能给他任何的特权，或者使我不可摇撼的正直的心灵对他略存偏袒。他是我的臣子，毛勃雷，你也是我的臣子；我允许你放胆说话。

毛勃雷　那么，波林勃洛克，我就说你这番诬蔑的狂言，完全是从你虚伪的心头经过你的奸诈的喉咙所发出的欺人的谎话。我所领到的那笔饷款，四分之三已经分发给驻在卡莱的陛下的军队；其余的四分之一是我奉命留下的，因为我上次到法国去迎接王后的时候，陛下还欠我一笔小小的旧债。现在把你那句谎话吞下去吧。讲到葛罗斯特，他并不是我杀死的；可是我很惭愧那时我没有尽我应尽的责任。对于您，高贵的兰开斯特公爵，我的敌人的可尊敬的父亲，我确曾一度企图陷害过您的生命，为了这一次过失，使我的灵魂感到极大的疚恨；可是在我最近一次领受圣餐以前，我已经坦白自认，要求您的恕宥，我希望您也已经不记旧恶了。这是我的错误。至于他所控诉我的其余的一切，全然出于一个卑劣的奸人，一个丧心的叛徒的恶意；我要勇敢地为我自己辩护，在这傲慢的叛徒的足前也要掷下我的挑战的信物，凭着他胸头最优良的血液，证明我的耿耿不贰的忠贞。我诚心请求陛下替我们指定一个决斗的日期，好让世人早一些判断我们的是非曲直。

理查王 你们这两个燃烧着怒火的骑士，听从我的旨意；让我们用不流血的方式，消除彼此的愤怒。我虽然不是医生，却可以下这样的诊断：深刻的仇恨会造成太深的伤痕。劝你们捐嫌忘怨，言归于好，我们的医生说这一个月内是不应该流血的。好叔父，让我们赶快结束这一场刚刚开始的争端；我来劝解诺福克公爵，你去劝解你的儿子吧。

刚特 像我这样年纪的人，做一个和事佬是最合适不过的。我的儿，把诺福克公爵的手套掷下了吧。

理查王 诺福克，你也把他的手套掷下来。

刚特　怎么，哈利①，你还不掷下来？做父亲的不应该向他的儿子发出第二次的命令。

理查王　诺福克，我吩咐你快掷下；争持下去是没有好处的。

毛勃雷　尊严的陛下，我愿意把自己投身在您的足前。您可以支配我的生命，可是不能强迫我容忍耻辱；为您尽忠效命是我的天职，可是即使死神高踞在我的坟墓之上，您也不能使我的美好的名誉横遭污毁。我现在在这儿受到这样的羞辱和诬蔑，谗言的有毒的枪尖刺透了我的灵魂，只有他那吐着毒瘴的心头的鲜血，才可以医治我的创伤。

理查王　一切意气之争必须停止；把他的手套给我；雄狮的神威可以使豹子慑服。

毛勃雷　是的，可是不能改变它身上的斑点。要是您能够取去我的耻辱，我就可以献上我的手套。我的好陛下，无瑕的名誉是世间最纯粹的珍宝；失去了名誉，人类不过是一些镀金的粪土，染色的泥块。忠贞的胸膛里一颗勇敢的心灵，就像藏在十重键锁的箱中的珠玉。我的荣誉就是我的生命，二者互相结为一体；取去我的荣誉，我的生命也就不再存在。所以，我的好陛下，让我为我的荣誉而战吧；我借着荣誉而生，也愿为荣誉而死。

理查王　贤弟，你先掷下你的手套吧。

波林勃洛克　啊！上帝保佑我的灵魂不要犯这样的重罪！难道我要在我父亲的面前垂头丧气，怀着卑劣的恐惧，向这理屈气弱的懦夫低头服罪吗？在我的舌头用这种卑怯的侮辱伤

①亨利的爱称。

害我的荣誉、发出这样可耻的求和的声请以前，我的牙齿将要把这种自食前言的怯懦的畏惧嚼为粉碎，把它带血唾在那无耻的毛勃雷脸上。（刚特下。）

理查王　我是天生发号施令的人，不是惯于向人请求的。既然我不能使你们成为友人，那么准备着吧，圣兰勃特日①在科文特里，你们将要以生命为狐注，你们的短剑和长枪将要替你们解决你们势不两立的争端；你们既然不能听从我的劝告而和解，我只好信任冥冥中的公道，把胜利的光荣判归无罪的一方。司礼官，传令执掌比武仪式的官吏准备起来，导演这一场同室的交讧。（同下。）

第二场　同前。兰开斯特公爵府中一室

刚特及葛罗斯特公爵夫人上。

刚特　唉！那在我血管里流着的伍德斯道克的血液，比你的呼吁更有力地要求我向那杀害他生命的屠夫复仇。可是矫正这一个我们所无能为力的错误的权力，既然操之于造成这错误的人的手里，我们只有把我们的不平委托于上天的意志，到了时机成熟的一天，它将会向作恶的人们降下严厉的惩罚。

葛罗斯特公爵夫人　难过兄弟之情不能给你一点儿更深的刺激吗？难道你衰老的血液里的爱火已经不再燃烧了吗？你是

---

①圣兰勃特日（St.Lambert's day），九月十七日，纪念圣兰勃特的节日。

爱德华的七个儿子中的一个，你们兄弟七人，就像盛着他的神圣的血液的七个宝瓶，又像同一树根上苗长的七条美好的树枝；七人之中，有的因短命而枯萎，有的被命运所摧残，可是托马斯，我的亲爱的夫主，我的生命，我的葛罗斯特，满盛着爱德华的神圣的血液的一个宝瓶，从他的最高贵的树根上苗长的一条繁茂的树枝，却被嫉妒的毒手击破，被凶徒的血斧斩断，倾尽了瓶中的宝液，雕落了枝头的茂叶。啊，刚特！他的血也就是你的血；你和他同胞共体，同一的模型铸下了你们；虽然你还留着一口气活在世上，可是你的一部分生命已经跟着他死去了。你眼看着人家杀死你那不幸的兄弟，等于默许凶徒们谋害你的父亲，因为他的身上存留着你父亲生前的遗范。不要说那是忍耐，刚特；那是绝望。你容忍你的兄弟被人这样屠戮，等于把你自己的生命开放一条道路，向凶恶的暴徒指示杀害你的门径。在卑贱的人们中间我们所称为忍耐的，在尊贵者的胸中就是冷血的懦怯。我应该怎么说呢？为了保卫你自己的生命，最好的方法就是为我的葛罗斯特复仇。

刚特 这一场血案应该由上帝解决，因为促成他的死亡的祸首是上帝的代理人，一个受到圣恩膏沐的君主；要是他死非其罪，让上天平反他的冤屈吧，我是不能向上帝的使者举起愤怒的手臂来的。

葛罗斯特公爵夫人 那么，唉！什么地方可以让我声诉我的冤屈呢？

刚特 向上帝声诉，他是寡妇的保卫者。

葛罗斯特公爵夫人 好，那么我要向上帝声诉。再会吧，年老的刚特。你到科文特里去，瞧我的侄儿海瑞福德和凶狠的毛

理查二世

99

勃雷决斗；啊！但愿我丈夫的冤魂依附在海瑞福德的枪尖上，让它穿进了屠夫毛勃雷的胸中；万一刺而不中，愿毛勃雷的罪恶压住他的全身，使他那流汗的坐骑因不胜重负而把他掀翻在地上，像一个卑怯的懦夫匍匐在我的侄儿海瑞福德的足下！再会吧，年老的刚特；你的已故兄弟的妻子必须带着悲哀终结她的残生。

刚特　弟妇，再会；我必须到科文特里去。愿同样的幸运陪伴着你，跟随着我！

葛罗斯特公爵夫人　可是还有一句话。悲哀落在地上，还会重新跳起，不是因为它的空虚，而是因为它的重量。我的谈话都还没有开始，已要向你告别，因为悲哀看去好像已经止住，其实却永远没有个完。替我向我的兄弟爱德蒙·约克致意。瞧！这就是我所要说的一切。不，你不要就这样走了；虽然我只有这一句话，不要走得这样匆忙；我还要想起一些别的话来。请他——啊，什么？——赶快到普拉希看我一次。唉！善良的老约克到了那里，除了空旷的房屋、萧条的四壁、无人的仆舍、苔封的石级以外，还看得到什么？除了我的悲苦呻吟以外，还听得到什么欢迎的声音？所以替我向他致意；叫他不要到那里去，找寻那到处充斥着的悲哀。孤独地、孤独地我要饮恨而死；我的流泪的眼睛向你作最后的诀别。（各下。）

第三场　科文特里附近旷地。设围场及御座。传令官等侍立场侧

> 司礼官及奥墨尔上。

司礼官　奥墨尔大人，哈利·海瑞福德武装好了没有？

奥墨尔　是的，他已经装束齐整，恨不得立刻进场。

司礼官　诺福克公爵精神抖擞，勇气百倍，专等原告方面的喇叭声召唤。

奥墨尔　那么决斗的双方都已经准备好了，只要王上一到，就可以开始啦。

> 喇叭奏花腔。理查王上，就御座；刚特、布希、巴各特、格林及余人等随上，各自就座。喇叭高鸣，另一喇叭在内相应。被告毛勃雷穿甲胄上，一传令官前导。

理查王　司礼官，问一声那边的骑士他穿了甲胄到这儿来的原因；问他叫什么名字，按照法定的手续，叫他宣誓他的动机是正直的。

司礼官　凭着上帝的名义和国王的名义，说出你是什么人，为什么穿着骑士的装束到这儿来，你要跟什么人决斗，你们的争端是什么。凭着你的骑士的身分和你的誓言，从实说来；愿上天和你的勇气保卫你！

毛勃雷　我是诺福克公爵托马斯·毛勃雷。遵照我所立下的不可毁弃的骑士的誓言，到这儿来和控诉我的海瑞福德当面对质，向上帝、我的君王和他的后裔表白我的忠心和诚实；凭着上帝的恩惠和我这手臂的力量，我要一面洗刷我的荣

誉，一面证明他是一个对上帝不敬、对君王不忠、对我不义的叛徒。我为正义而战斗，愿上天佑我！（就座。）

喇叭高鸣；原告波林勃洛克穿甲胄上，一传令官前导。

理查王 司礼官，问一声那边穿着甲胄的骑士，他是谁，为什么全副戎装到这儿来；按照我们法律上所规定的手续，叫他宣誓声明他的动机是正直的。

司礼官 你的名字叫什么？为什么你敢当着理查王的面前，到他这儿的校场里来？你要和什么人决斗？你们的争端是什么？像一个正直的骑士，你从实说来；愿上天保佑你！

波林勃洛克 我是兼领海瑞福德、兰开斯特和德比三处采邑的哈利；今天武装来此，准备在这围场之内，凭着上帝的恩惠和我身体的勇力，证明诺福克公爵托马斯·毛勃雷是一个对上帝不敬、对王上不忠、对我不信不义的奸诈险恶的叛徒。我为正义而战斗，愿上天佑我！

司礼官 除了司礼官和奉命监视这次比武仪典的官员以外，倘有大胆不逞之徒，擅敢触动围场界线，立处死刑，决不宽贷。

波林勃洛克 司礼官，让我吻一吻我的君王的手，在他的御座之前屈膝致敬；因为毛勃雷跟我就像两个朝圣的人立誓踏上漫长而艰苦的旅途，所以让我们按照正式的礼节，各自向我们的亲友们作一次温情的告别吧。

司礼官 原告恭顺地向陛下致敬，要求一吻御手，申达他告别的诚意。

理查王 （下座）我要亲下御座，把他拥抱在我的怀里。海瑞福德贤弟，你的动机既然是正直的，愿你在这次庄严的战斗里获得胜利！再会吧，我的亲人；要是你今天洒下你的血液，我可以为你悲恸，可是不能代你报复杀身之仇。

波林勃洛克　啊！要是我被毛勃雷的枪尖所刺中，不要让一只高贵的眼睛为我浪掷一滴泪珠。正像猛鹰追逐一只小鸟，我对毛勃雷抱着必胜的自信。我的亲爱的王上，我向您告别了；别了，我的奥墨尔贤弟；虽然我要去和死亡搏斗，可是我并没有病，我还年轻力壮，愉快地呼吸着空气。瞧！正像在英国的宴席上，最美味的佳肴总是放在最后，留给人们一个无限余甘的回忆；我最后才向你告别，啊，我的生命的人间的创造者！您的青春的精神复活在我的心中，用双重的巨力把我凌空举起，攀取那高不可及的胜利；愿您用祈祷加强我的甲胄的坚实，用祝福加强我的枪尖的锋锐，让它突入毛勃雷的蜡制的战袍之内，借着您儿子的勇壮的行为，使约翰·刚特的名字闪耀出新的光彩。

刚特　上帝保佑你的正义行为得胜！愿你的动作像闪电一般敏捷，你的八倍威力的打击，像惊人的雷霆一般降在你的恶毒的敌人的盔上；振起你的青春的精力，勇敢地活着吧。

波林勃洛克　我的无罪的灵魂和圣乔治帮助我得胜！（就座。）

毛勃雷　（起立）不论上帝和造化给我安排下怎样的命运，或生或死，我都是尽忠于理查王陛下的一个赤心正直的臣子。从来不曾有一个囚人用这样奔放的热情脱下他的缚身的锁链，拥抱那无拘束的黄金的自由，像我的雀跃的灵魂一样接受这一场跟我的敌人互决生死的鏖战。最尊严的陛下和我的各位同僚，从我的嘴里接受我的虔诚的祝福。像参加一场游戏一般，我怀着轻快的心情挺身赴战；正直者的胸襟永远是安定的。

理查王　再会，公爵。我看见正义和勇敢在你的眼睛里闪耀。司礼官，传令开始比武。（理查王及群臣各就原座。）

司礼官　海瑞福德、兰开斯特和德比的哈利，过来领你的枪；上帝保佑正义的人！

波林勃洛克　（起立）抱着像一座高塔一般坚强的信心，我应着"阿门"。

司礼官　（向一官吏）把这枝枪送给诺福克公爵。

传令官甲　这儿是海瑞福德、兰开斯特和德比的哈利，站在上帝、他的君王和他自己的立场上，证明诺福克公爵托马斯·毛勃雷是一个对上帝不敬、对君王不忠、对他不义的叛徒；倘使所控不实，他愿意蒙上奸伪卑怯的恶名，永远受世人唾骂。他要求诺福克公爵出场，接受他的挑战。

传令官乙　这儿站着诺福克公爵托马斯·毛勃雷，准备表白他自己的无罪，同时证明海瑞福德、兰开斯特和德比的哈利是一个对上帝不敬、对君王不忠、对他不义的叛徒；倘使所言失实，他愿意蒙上奸伪卑怯的恶名，永远受世人唾骂。他勇敢地怀着满腔热望，等候着决斗开始的信号。

司礼官　吹起来，喇叭；上前去，比武的人们。（吹战斗号）且慢，且慢，王上把他的御杖掷下来了。

理查王　叫他们脱下战盔，放下长枪，各就原位。跟我退下去；在我向这两个公爵宣布我的判决之前，让喇叭高声吹响。（喇叭奏长花腔。向决斗者）过来，倾听我们会议的结果。因为我们的国土不应被它所滋养的宝贵的血液所玷污；因为我们的眼睛痛恨同室操戈所造成的内部的裂痕；因为你们各人怀着凌云的壮志，冲天的豪气，造成各不相下的敌视和憎恨，把我们那像婴儿一般熟睡着的和平从它的摇篮中惊醒；那战鼓的喧阗的雷鸣，那喇叭的刺耳的噪叫，那刀枪的愤怒的击触，也许会把美好的和平吓退出我们安谧的疆界以外，使我们的街衢上横流着我们自己亲属的血：所以我宣布把你们放逐出境。你，海瑞福德贤弟，必须在异国踏着流亡的征途，在十个夏天给我们的田地带来丰收以前，不准归返我们美好的国土，倘有故违，立处死刑。

波林勃洛克　愿您的旨意实现。我必须用这样的思想安慰我自己，那在这儿给您温暖的太阳，将要同样照在我的身上；它的金色的光辉射耀着您的王冠，也会把光明的希望渲染我的流亡的岁月。

理查王　诺福克，你所得到的是一个更严重的处分，虽然我很不愿意向你宣布这样的判决：狡狯而迟缓的光阴不能决定你的无期放逐的终限；"永远不准回来，"这一句绝望的话，就是我对你所下的宣告；倘有故违，立处死刑。

毛勃雷　一个严重的判决，我的无上尊严的陛下；从陛下的嘴里发出这样的宣告，是全然出于意外的；陛下要是顾念我过去的微劳，不应该把这样的处分加在我的身上，使我远窜四荒，和野人顽民呼吸着同一的空气。现在我必须放弃我在这四十年来所学习的语言，我的本国的英语；现在我的舌头对我一无用处，正像一张无弦的古琴，或是一具被密封在匣子里的优美的乐器，或者匣子虽然开着，但是放在一个不谙音律者的手里。您已经把我的舌头幽禁在我的嘴里，让我的牙齿和嘴唇成为两道闸门，使冥顽不灵的愚昧做我的狱卒。我太大了，不能重新作一个牙牙学语的婴

理查二世

孩；我的学童的年龄早已被我蹉跎过去。您现在禁止我的舌头说它故国的语言，这样的判决岂不等于是绞杀语言的死刑吗？

理查王　悲伤对于你无济于事；判决已下，叫苦也太迟了。

毛勃雷　那么我就这样离开我的故国的光明，在无穷的黑夜的阴影里栖身吧。（欲退。）

理查王　回来，你们必须再宣一次誓。把你们被放逐的手按在我的御剑之上，虽然你们对我应尽的忠诚已经随着你们自己同时被放逐，可是你们必须凭着你们对上帝的信心，立誓遵守我所要向你们提出的誓约。愿真理和上帝保佑你们！你们永远不准在放逐期中，接受彼此的友谊；永远不准互相见面；永远不准暗通声气，或是蠲除你们在国内时的嫌怨，言归于好；永远不准同谋不轨，企图危害我、我的政权、我的臣民或是我的国土。

波林勃洛克　我宣誓遵守这一切。

毛勃雷　我也同样宣誓遵守。

波林勃洛克　诺福克，我认定你是我的敌人；要是王上允许我们，我们两人中，一人的灵魂这时候早已飘荡于太虚之中，从我们这肉体的脆弱的坟墓里被放逐出来，正像现在我们的肉体被放逐出这国境之外一样了。趁着你还没有逃出祖国的领土，赶快承认你的奸谋吧；因为你将要走一段辽远的路程，不要让一颗罪恶的灵魂的重担沿途拖累着你。

毛勃雷　不，波林勃洛克，要是我曾经起过叛逆的贰心，愿我的名字从生命的册籍上注销；愿我从天上放逐，正像从我的本国放逐一样！可是上帝、你、我，都知道你是一个什么人；我怕转眼之间，王上就要自悔他的失着了。再会，我的陛下。现在我决不会迷路；除了回到英国以外，全世界都是我的去处。（下。）

理查王　叔父，从你晶莹的眼珠里，我可以看到您的悲痛的心；您的愁惨的容颜，已经从他放逐的期限中减去四年的时间了。（向波林勃洛克）度过了六个寒冬，你再在祖国的欢迎声中回来吧。

波林勃洛克　一句短短的言语里，藏着一段多么悠长的时间！四个沉滞的冬天，四个轻狂的春天，都在一言之间化为乌有：这就是君王的纶音。

刚特　感谢陛下的洪恩，为了我的缘故，缩短我的儿子四年放逐的期限；可是这种额外的宽典，并不能使我沾到什么利益，因为在他六年放逐的岁月尚未完毕之前，我这一盏油干焰冷的灯，早已在无边的黑夜里熄灭，我这径寸的残烛早已烧尽，盲目的死亡再也不让我看见我的儿子了。

理查王　啊，叔父，你还能活许多年哩。

刚特　可是，王上，您不能赐给我一分钟的寿命。您可以假手阴沉的悲哀缩短我的昼夜，可是不能多借我一个清晨；您可以帮助时间刻画我额上的皱纹，可是不能中止它的行程，把我的青春留住；您的一言可以致我于死，可是一死之后，您的整个的王国买不回我的呼吸。

理查王　您的儿子是在郑重的考虑之下被判放逐的，你自己也曾表示同意；那时为什么你对我们的判决唯唯从命呢？

刚特　美味的食物往往不宜于消化。您要求我站到法官的立场上发言，可是我宁愿您命令我用一个父亲的身分为他的儿子

理查二世

辩护。啊！假如他是一个不相识的人，不是我的孩子，我就可以用更温和的语调，设法减轻他的罪状；可是因为避免徇私偏袒的指责，我却宣判了我自己的死刑。唉！当时我希望你们中间有人会说，我把自己的儿子宣判放逐，未免太忍心了；可是你们却同意了我的违心之言，使我违反我的本意，给我自己这样重大的损害。

理查王 贤弟，再会吧；叔父，你也不必留恋了。我判决他六年的放逐，他必须立刻就走。（喇叭奏花腔。理查王及扈从等下。）

奥墨尔 哥哥，再会吧；虽然不能相见，请你常通书信，让我们知道你在何处安身。

司礼官 大人，我并不向您道别，因为我要和您辔同行，一直送您到陆地的尽头。

刚特 啊！你为什么缄口无言，不向你的亲友们说一句答谢的话？

波林勃洛克 我的舌头只能大量吐露我心头的悲哀，所以我没有话可以向你们表示我的离怀。

刚特 你的悲哀不过是暂时的离别。

波林勃洛克 离别了欢乐，剩下的只有悲哀。

刚特 六个冬天算得什么？它们很快就过去了。

波林勃洛克 对于欢乐中的人们，六年是一段短促的时间；可是悲哀使人度日如年。

刚特 算它是一次陶情的游历吧。

波林勃洛克 要是我用这样谬误的名称欺骗自己，我的心将要因此而叹息，因为它知道这明明是一次强制的旅行。

刚特 你的征途的忧郁将要衬托出你的还乡的快乐，正像箔片烘显出宝石的光辉一样。

波林勃洛克　不，每一个沉重的步伐，不过使我记起我已经多么辽遥地远离了我所珍爱的一切。难道我必须在异邦忍受学徒的辛苦，当我最后期满的时候，除了给悲哀作过短工之外，再没有什么别的可以向人夸耀？

刚特　凡是日月所照临的所在，在一个智慧的人看来都是安身的乐土。你应该用这样的思想宽解你的厄运；什么都比不上厄运更能磨炼人的德性。不要以为国王放逐了你，你应该设想你自己放逐了国王。越是缺少担负悲哀的勇气，悲哀压在心头越是沉重。去吧，就算这一次是我叫你出去追寻荣誉，不是国王把你放逐；或者你可以假想噬人的疫疠弥漫在我们的空气之中，你是要逃到一个健康的国土里去。凡是你的灵魂所珍重宝爱的事物，你应该想像它们是在你的未来的前途，不是在你离开的本土；想像鸣鸟在为你奏着音乐，芳草为你铺起地毯，鲜花是向你巧笑的美人，你的行步都是愉快的舞蹈；谁要是能够把悲哀一笑置之，悲哀也会减弱它的咬人的力量。

波林勃洛克　啊！谁能把一团火握在手里，想像他是在寒冷的高加索群山之上？或者空想着一席美味的盛宴，满足他的久饿的枵腹？或者赤身在严冬的冰雪里打滚，想像盛暑的骄阳正在当空晒炙？啊，不！美满的想像不过使人格外感觉到命运的残酷。当悲哀的利齿只管咬人，却不能挖出病疮的时候，伤口的腐烂疼痛最难忍受。

刚特　来，来，我的儿，让我送你上路。要是我也像你一样年轻，处在和你同样的地位，我是不愿留在这儿的。

理查二世

波林勃洛克　　那么英国的大地，再会吧；我的母亲，我的保姆，
　　　　　　　　我现在还在您的怀抱之中，可是从此刻起，我要和你分别
　　　　　　　　了！无论我在何处流浪，至少可以这样自夸：虽然被祖国
　　　　　　　　所放逐，我还是一个纯正的英国人。（同下。）

第四场　伦敦。国王堡中一室

　　　　　　　　理查王、巴各特及格林自一门上；奥墨尔自另一门上。

理查王　　我早就看明白了。奥墨尔贤弟，你把高傲的海瑞福德送
　　　　　到什么地方？

奥墨尔　　我把高傲的海瑞福德——要是陛下喜欢这样叫他的
　　　　　话——送上了最近的一条大路，就和他分手了。

理查王　　说，你们流了多少临别的眼泪？

奥墨尔　　说老实话，我是流不出什么眼泪来的；只有向我们迎面
　　　　　狂吹的东北风，偶或刺激我们的眼膜，逼出一两滴无心之
　　　　　泪，点缀我们漠然的离别。

理查王　　你跟我那位好兄弟分别的时候，他说些什么话？

奥墨尔　　他向我说"再会"。我因为不愿让我的舌头亵渎了这两
　　　　　个字眼儿，故意装出悲不自胜，仿佛连话都说不出来的样
　　　　　子，回避了我的答复。嘿，要是"再会"这两个字有延长
　　　　　时间的魔力，可以增加他的短期放逐的年限，那么我一定
　　　　　不会吝惜向他说千百声的"再会"；可是既然它没有这样
　　　　　的力量，我也不愿为他浪费我的唇舌。

理查王　　贤弟，他是我们同祖的兄弟，可是当他放逐的生涯终结

的时候，我们这一位亲人究竟能不能回来重见他的朋友，还是一个大大的疑问。我自己和这儿的布希、巴各特、格林三人，都曾注意到他向平民怎样殷勤献媚，用谦卑而亲昵的礼貌竭力博取他们的欢心；他会向下贱的奴隶浪费他的敬礼，用诡诈的微笑和一副身处厄境毫无怨言的神气取悦穷苦的工匠，简直像要把他们思慕之情一起带走。他会向一个叫卖牡蛎的女郎脱帽；两个运酒的车夫向他说了一声上帝保佑他，他就向他们弯腰答礼，说，"谢谢，我的同胞，我的亲爱的朋友们"，好像我治下的英国已经操在他的手里，他是我的臣民所仰望的未来的君王一样。

格林　好，他已经去了，我们也不必再想起这种事情。现在我们必须设法平定爱尔兰的叛乱；迅速的措置是必要的，陛下，否则坐延时日，徒然给叛徒们发展势力的机会，对于陛下却是一个莫大的损失。

理查王　这一次我要御驾亲征。我们的金库因为维持这一个宫廷的浩大的支出和巨量的赏赐，已经不大充裕，所以不得不找人包收王家的租税，靠他们预交的款项补充这次出征的费用。要是再有不敷的话，我可以给我留在国内的摄政者几道空白的诏敕，只要知道什么人有钱，就可以命令他们捐献巨额的金钱，接济我的需要；因为我现在必须立刻动身到爱尔兰去。

布希上。

理查王　布希，什么消息？

布希　陛下，年老的约翰·刚特突患重病，刚才差过急使来请求陛下去见他一面。

理查王　他现在在什么地方？

布希　在伊里别邸。

理查王　上帝啊，但愿他的医生们把他早早送下坟墓！他的金库里收藏的货色足可以使我那些出征爱尔兰的兵士们一个个披上簇新的战袍。来，各位，让我们大家去瞧瞧他；求上帝使我们去得尽快，到得太迟。

众人　阿门！（同下。）

第二幕

第一场　伦敦。伊里别邸中一室

刚特卧于榻上，约克公爵及余人等旁立。

刚特　国王会不会来，好让我对他的少年浮薄的性情吐露我的最
后的忠告？

约克　不要烦扰你自己，省些说话的力气吧，他的耳朵是不听忠
告的。

刚特　啊！可是人家说，一个人的临死遗言，就像深沉的音乐一
般，有一种自然吸引注意的力量；到了奄奄一息的时候，
他的话决不会白费，因为真理往往是在痛苦呻吟中说出来
的。一个从此以后不再说话的人，他的意见总是比那些少
年浮华之徒的甘言巧辩更能被人听取。正像垂暮的斜阳、
曲终的余奏和最后一口啜下的美酒留给人们最温馨的回忆

理查二世

一样，一个人的结局也总是比他生前的一切格外受人注目。虽然理查对于我生前的谏劝充耳不闻，我的垂死的哀音也许可以惊醒他的聋聩。

约克 不，他的耳朵已经被一片歌功颂德之声塞住了。他爱听的是淫靡的诗句和豪奢的意大利流行些什么时尚的消息，它的一举一动，我们这落后的效颦的国家总是亦步亦趋地追随摹仿。这世上哪一种浮华的习气，不管它是多么恶劣，只要是新近产生的，不是很快地就传进了他的耳中？当理性的顾虑全然为倔强的意志所蔑弃的时候，一切忠告都等于白说。不要指导那一意孤行的人；你现在呼吸都感到乏力，何必苦苦地浪费你的唇舌。

刚特 我觉得自己仿佛是一个新受到灵感激动的先知，在临死之际，这样预言出他的命运：他的轻躁狂暴的乱行决不能持久，因为火势越是猛烈，越容易顷刻烧尽；绵绵的微雨可以落个不断，倾盆的阵雨一会儿就会停止；驰驱太速的人，很快就觉得精疲力竭；吃得太急了，难保食物不会哽住喉咙；轻浮的虚荣是一个不知餍足的饕餮者，它在吞噬一切之后，结果必然牺牲在自己的贪欲之下。这一个君王们的御座，这一个统于一尊的岛屿，这一片庄严的大地，这一个战神的别邸，这一个新的伊甸——地上的天堂，这一个造化女神为了防御毒害和战祸的侵入而为她自己造下的堡垒，这一个英雄豪杰的诞生之地，这一个小小的世界，这一个镶嵌在银色的海水之中的宝石（那海水就像是一堵围墙，或是一道沿屋的壕沟，杜绝了宵小的觊觎），这一个幸福的国土，这一个英格兰，这一个保姆，这一个繁育着明君贤主的母体（他们的诞生为世人所侧目，他们仗义卫道的功业远震寰宇），这一个像救世主的圣墓一样驰名、孕育着这许多伟大的灵魂的国土，这一个声誉传遍世界、亲爱又亲爱的国土，现在却像一幢房屋、一块田地一般出租了——我要在垂死之际，宣布这样的事实。英格兰，它的周遭是为汹涌的怒涛所包围着的，它的岩石的崖岸击退海神的进攻，现在却笼罩在耻辱、墨黑的污点和卑劣的契约之中，那一向征服别人的英格兰，现在已经可耻地征服了它自己。啊！要是这耻辱能够随着我的生命同时消失，我的死该是多么幸福！

> 理查王与王后、奥墨尔、布希、格林、巴各特、洛斯及威罗比同上。

约克 国王来了；他是个年少气盛之人，你要对他温和一些，因为激怒了一匹血气方刚的小马，它的野性将要更加难于驯服。

王后 我的叔父兰开斯特贵体怎样？

理查王 你好，汉子？衰老而憔悴的刚特怎么样啦？

刚特 啊！那几个字加在我的身上多么合适；衰老而憔悴的刚特，真的，我是因为衰老而憔悴了。悲哀在我的心中守着长期的斋戒，断绝肉食的人怎么能不憔悴？为了酣睡的英格兰，我已经长久不眠，不眠是会使人消瘦而憔悴的。望着儿女们的容颜，是做父亲的人们最大的快慰，我却享不到这样的满足；你隔绝了我们父子的亲谊，所以我才会这样憔悴。我这憔悴的一身不久就要进入坟墓，让它的空空的洞穴收拾我的一堆枯骨。

理查二世

理查王 病人也会这样大逞辞锋吗?

刚特 不,一个人在困苦之中是会把自己揶揄的;因为我的名字似乎为你所嫉视,所以,伟大的君王,为了奉承你的缘故,我才作这样的自嘲。

理查王 临死的人应该奉承活着的人吗?

刚特 不,不,活着的人奉承临死的人。

理查王 你现在快要死了,你说你奉承我。

刚特 啊,不!虽然我比你病重,你才是将死的人。

理查王 我很健康,我在呼吸,我看见你病在垂危。

刚特 那造下我来的上帝知道我看见你的病状多么险恶。我的眼力虽然因久病而衰弱,但我看得出你已走上邪途。你负着你的重创的名声躺在你的国土之上,你的国土就是你的毕命的卧床;像一个过分粗心的病人,你把你那仰蒙圣恩膏沐的身体交给那些最初伤害你的庸医诊治;在你那仅堪复顶的王冠之内,坐着一千个谄媚的佞人,凭借这小小的范围,侵蚀你的广大的国土。啊!要是你的祖父能够预先看到他的孙儿将要怎样摧残他的骨肉,他一定会早早把你废黜,免得耻辱降临到你的身上,可是现在耻辱已经占领了你,你的王冠将要丧失在你自己的手里。嘿,侄儿,即使你是全世界的统治者,出租这一块国土也是一件可羞的事;可是只有这一块国土是你所享有的世界,这样的行为不是羞上加羞吗?你现在是英格兰的地主,不是它的国王;你在法律上的地位是一个必须受法律拘束的奴隶,而且——

理查王 而且你是一个疯狂糊涂的呆子,依仗你疾病的特权,胆敢用你冷酷的讥讽骂得我面无人色。凭着我的王座的尊严起誓，倘不是因为你是伟大的爱德华的儿子的兄弟，你这一条不知忌惮的舌头将要使你的头颅从你那目无君上的肩头落下。

刚特　啊！不要饶恕我，我的哥哥爱德华的儿子；不要因为我是他父亲爱德华的儿子的缘故而饶恕我。像那啄饮母体血液的企鹅一般，你已经痛饮过爱德华的血；我的兄弟葛罗斯特是个忠厚诚实的好人——愿他在天上和那些有福的灵魂同享极乐！——他就是一个前例，证明你对于溅洒爱德华的血是毫无顾恤的。帮着我的疾病杀害我吧；愿你的残忍像无情的衰老一般，快快摘下这一朵久已凋萎的枯花。愿你在你的耻辱中生存，可是不要让耻辱和你同归于尽！愿我的言语永远使你的灵魂痛苦！把我搬到床上去，然后再把我送下坟墓；享受着爱和荣誉的人，才会感到生存的乐趣。（侍从等舁刚特下。）

理查王　让那些年老而满腹牢骚的人去死吧；你正是这样的人，这样的人是只配在坟墓里的。

约克　请陛下原谅他的年迈有病，出言不检；凭着我的生命发誓，他爱您就像他的儿子海瑞福德公爵亨利一样，要是他在这儿的话。

理查王　不错，你说得对；海瑞福德爱我，他也爱我；他们怎样爱我，我也怎样爱他们。让一切就这样安排着吧。

诺森伯兰上。

诺森伯兰　陛下，年老的刚特向您致意。

理查王　他怎么说？

理查二世

117

诺森伯兰 不，一句话都没有；他的话已经说完了。他的舌头现在是一具无弦的乐器；年老的兰开斯特已经消耗了他的言语、生命和一切。

约克 愿约克也追随在他的后面同归毁灭！死虽然是苦事，却可以结束人生的惨痛。

理查王 最成熟的果子最先落地，他正是这样；他的寿命已尽，我们却还必须继续我们的旅程。别的话不必多说了。现在，让我们讨论讨论爱尔兰的战事。我们必须扫荡那些粗暴蓬发的爱尔兰步兵，他们像毒蛇猛兽一般，所到之处，除了他们自己以外，谁也没有生存的权利。因为这一次战事规模巨大，需要相当费用，为了补助我们的军需起见，我决定没收我的叔父刚特生前所有的一切金银、钱币、收益和动产。

约克 我应该忍耐到什么时候呢？啊！恭顺的臣道将要使我容忍不义的乱行到什么限度呢？葛罗斯特的被杀，海瑞福德的放逐，刚特的受责，国内人心的怨愤，可怜的波林勃洛克在婚事上遭到的阻挠，我自己身受的耻辱，这些都从不曾使我镇静的脸上勃然变色，或者当着我的君王的面前皱过一回眉头。我是高贵的爱德华的最小的儿子，你的父亲威尔士亲王是我的长兄，在战场上他比雄狮还凶猛，在和平的时候他比羔羊还温柔。他的面貌遗传给了你，因为他在你这样的年纪，正和你一般模样；可是当他发怒的时候，他是向法国人而不是向自己人；他的高贵的手付出了代价，总是取回重大的收获，他却没有把他父亲手里挣下的产业供他自己的挥霍；他没有溅洒过自己人的血，他的手上只染着他的亲属的仇人的血迹。啊，理查！约克太伤心过度了，否则他决不会作这样的比较的。

理查王　嗨，叔父，这是怎么一回事？

约克　啊！陛下，您愿意原谅我就原谅我，否则我也不希望得到您的宽恕。您要把被放逐的海瑞福德的产业和权利抓在您自己的手里吗？刚特死了，海瑞福德不是还活着吗？刚特不是一个正直的父亲，哈利不是一个忠诚的儿子吗？那样一位父亲不应该有一个后嗣吗？他的后嗣不是一个克绍家声的令子吗？剥夺了海瑞福德的权利，就是破坏传统的正常的惯例；明天可以不必跟在今天的后面，你也不必是你自己，因为倘不是按着父子祖孙世世相传的合法的王统，您怎么会成为一个国王？当着上帝的面前，我要说这样的话——愿上帝使我的话不致成为事实！——要是您用非法的手段，攫夺了海瑞福德的权利，从他的法定代理人那儿取得他的产权证书，要求全部产业的移让，把他的善意的敬礼蔑弃不顾，您将要招引一千种危险到您的头上，失去一千颗爱戴的赤心，刺激我的温和的耐性，使我想起那些为一个忠心的臣子所不能想到的念头。

理查王　随你怎样想吧，我还是要没收他的金银财物和土地。

约克　那么我只好暂时告退；陛下，再会吧。谁也不知道什么事情将会接着发生，可是我们可以预料到，不由正道，决不会有好的结果。（下。）

理查王　去，布希，立刻去找威尔特郡伯爵，叫他到伊里别邸来见我，帮我处理这件事情。明天我们就要到爱尔兰去，再不能耽搁了。我把我的叔父约克封为英格兰总督，代我摄

理查二世

理国内政务；因为他为人公正，一向对我很忠心。来，我的王后，明天我们必须分别了；快乐些吧，因为我们留恋的时间已经十分短促。（喇叭奏花腔。理查王、王后、布希、奥墨尔、格林、巴各特等同下。）

诺森伯兰　各位大人，兰开斯特公爵就这样死了。

洛斯　可是他还活着，因为现在他的儿子应该承袭爵位。

威罗比　他所承袭的不过是一个空洞的名号，毫无实际的收益。

诺森伯兰　要是世上还有公道，他应该名利兼收。

洛斯　我的心快要胀破了；可是我宁愿让它在沉默中爆裂，也不让一条没遮拦的舌头泄漏它的秘密。

诺森伯兰　不，把你的心事说出来吧；谁要是把你的话转告别人，使你受到不利，愿他的舌头连根烂掉！

威罗比　你要说的话是和海瑞福德公爵有关系吗？如果是的话，放胆说吧，朋友；我的耳朵急于要听听对于他有利的消息呢。

洛斯　除了因为他的世袭财产横遭侵占对他表示同情以外，我一点不能给他什么助力。

诺森伯兰　当着上帝的面前发誓，像他这样一位尊贵的王孙，必须忍受这样的屈辱，真是一件可叹的事；而且在这堕落的国土里，还有许多血统高贵的人都遭过类似的命运。国王已经不是他自己，完全被一群谄媚的小人所愚弄；要是他们对我们中间无论哪一个人有一些嫌怨，只要说几句坏话，国王就会对我们、我们的生命、我们的子女和继承者严加究办。

洛斯　平民们因为他苛征暴敛，已经全然对他失去好感；贵族们因为他睚眦必报，也已经全然对他失去好感。

威罗比 每天都有新的苛税设计出来，什么空头券、德政税，我也说不清这许多；可是凭着上帝的名义，这样下去怎么得了呢？

诺森伯兰 战争并没有消耗他的资财，因为他并没有正式上过战场，却用卑劣的妥协手段，把他祖先一刀一枪换来的产业轻轻断送。他在和平时的消耗，比他祖先在战时的消耗更大。

洛斯 威尔特郡伯爵已经奉命包收王家的租税了。

威罗比 国王已经破产了，像一个破落的平民一样。

诺森伯兰 他的行为已经造成了物议沸腾、人心瓦解的局面。

洛斯 虽然捐税这样繁重，他这次出征爱尔兰还是缺少军费，一定要劫夺这位被放逐的公爵，拿来救他的燃眉之急。

诺森伯兰 他的同宗的兄弟；好一个下流的昏君！可是，各位大人，我们听见这一场可怕的暴风雨在空中歌唱，却不去找一个藏身的所在；我们看见逆风打着我们的帆篷，却不知道收帆转舵，只是袖手不动，坐待着覆舟的惨祸。

洛斯 我们可以很清楚地看到我们必须遭受的覆亡的命运；因为我们容忍这一种祸根乱源而不加纠正，这样的危险现在已经是无可避免的了。

诺森伯兰 那倒未必；即使从死亡的空洞的眼穴里，我也可以望见生命的消息；可是我不敢说我们的好消息已经是多么接近了。

威罗比 啊，让我们分有你的思想，正像你分有着我们的思想一样。

洛斯　放心说吧，诺森伯兰。我们三人就像你自己一样；你告诉
了我们，等于把你自己的思想藏在你自己的心里；所以你
尽管大胆说好了。

诺森伯兰　那么你们听着：我从勃朗港，布列塔尼的一个海湾那
里得到消息，说是海瑞福德公爵哈利，最近和爱克塞特公
爵决裂的雷诺德·考勃汉勋爵、他的兄弟前任坎特伯雷
大主教、托马斯·欧平汉爵士、约翰·兰斯登爵士、约
翰·诺勃雷爵士、罗伯特·华特登爵士、弗兰西斯·夸因
特，他们率领着所部人众，由布列塔尼公爵供给巨船八艘，
战士三千，向这儿迅速开进，准备在短时间内登上我们北
方的海岸。他们有心等候国王到爱尔兰去了，然后伺隙进
犯，否则也许这时候早已登陆了。要是我们决心摆脱奴隶
的桎梏，用新的羽毛补葺我们祖国残破的肢翼，把受污的
王冠从当铺里赎出，拭去那遮掩我们御杖上的金光的尘埃，
使庄严的王座恢复它旧日的光荣，那么赶快跟我到雷文斯
泊去吧；可是你们倘然缺少这样的勇气，那么还是留下来，
保守着这一个秘密，让我一个人前去。

洛斯　上马！上马！叫那些胆小怕事的人去反复考虑吧。

威罗比　把我的马牵出来，我要第一个到那里。（同下。）

第二场　同前。宫中一室

王后、布希及巴各特上。

布希　娘娘，您太伤心过度了。您跟王上分别的时候，您不是答

应他您一定高高兴兴的，不让沉重的忧郁摧残您的生命吗？

王后　为了叫王上高兴，我才说这样的话；可是我实在没有法子叫我自己高兴起来。我不知道为什么我要欢迎像悲哀这样的一位客人，除了因为我已经跟我的亲爱的理查告别；可是我仿佛觉得有一种尚未产生的不幸，已经在命运的母胎里成熟，正在向我逼近，我的内在的灵魂因为一种并不存在的幻影而战栗；不仅是为了跟我的君王离别，才勾起了我心底的悲哀。

布希　每一个悲哀的本体都有二十个影子，它们的形状都和悲哀本身一样，但它们并没有实际的存在；因为镀着一层泪液的愁人之眼，往往会把一件整个的东西化成无数的形象。就像凹凸镜一般，从正面望去，只见一片模糊，从侧面观看，却可以辨别形状；娘娘因为把这次和王上分别的事情看偏了，所以才会感到超乎离别以上的悲哀，其实从正面看去，它只不过是一些并不存在的幻影。所以，大贤大德的娘娘，不要因为离别以外的事情而悲哀；您其实没看到什么，即使看到了，那也只是悲哀的眼中的虚伪的影子，它往往把想像误为真实而浪掷它的眼泪。

王后　也许是这样，可是我的内在的灵魂使我相信它并不是这么一回事。无论如何，我不能不悲哀；我的悲哀是如此沉重，即使在我努力想一无所思的时候，空虚的重压也会使我透不过气来。

布希　那不过是一种意念罢了，娘娘。

王后　决不是什么意念；意念往往会从某种悲哀中产生；我的确

不是这样，因为我的悲哀是凭空而来的，也许我空虚的悲哀有实际的根据，等时间到了就会传递给我；谁也不知道它的性质，我也不能给它一个名字；它是一种无名的悲哀。

格林上。

格林 上帝保佑陛下！两位朋友，你们都好。我希望王上还没有上船到爱尔兰去。

王后 你为什么这样希望？我们应该希望他快一点儿去，因为他这次远征的计划，必须迅速进行，才有胜利的希望；那么你为什么希望他还没有上船呢？

格林 因为他是我们的希望，我们希望他撤回他的军队，打击一个敌人的希望，那敌人已经凭借强大的实力，踏上我们的国土；被放逐的波林勃洛克已经自动回国，带着大队人马，安然到达雷文斯泊了。

王后 上帝不允许有这样的事！

格林 啊！娘娘，这事情太真实了。更坏的是诺森伯兰伯爵和他的儿子，少年的亨利·潘西，还有洛斯、波蒙德、威罗比这一批勋爵们，带着他们势力强大的朋友，全都投奔到他的麾下去了。

王后 你们为什么不宣布诺森伯兰和那些逆党们的叛国的罪名？

格林 我们已经这样宣布了；华斯特伯爵听见这消息，就折断他的指挥杖，辞去内府总管的职位，所有内廷的仆役都跟着他一起投奔波林勃洛克去了。

王后 格林，你是我的悲哀的助产妇，波林勃洛克却是我的忧郁的可怕的后嗣，现在我的灵魂已经产生了她的变态的胎儿，我，一个临盆不久的喘息的产妇，已经把悲哀和悲哀联结，忧愁和忧愁糅合了。

布希 不要绝望，娘娘。

王后 谁阻止得了我？我要绝望，我要和欺人的希望为敌；他是一个佞人，一个食客；当死神将要温柔地替人解除生命的羁绊的时候，虚伪的希望却拉住他的手，使人在困苦之中苟延残喘。

> 约克上。

格林 约克公爵来了。

王后 他的年老的颈上挂着战争的符号；啊！他满脸都是心事！叔父，为了上帝的缘故，说几句叫人听了安心的话吧。

约克 要是我说那样的话，那就是言不由衷。安慰是在天上，我们都是地上的人，除了忧愁、困苦和悲哀以外，这世间再没有其他的事物存在。你的丈夫到远处去保全他的疆土，别人却走进他的家里来打劫他的财产，留下我这年迈衰弱、连自己都照顾不了的老头儿替他支撑门户。像一个过度醉饱的人，现在是他感到胸腹作呕的时候；现在他可以试试那些向他献媚的朋友们是不是真心对待他了。

> 一仆人上。

仆人 爵爷，我还没有到家，公子已经去了。

约克 他去了？嗳哟，好！大家各奔前程吧！贵族们都出亡了，平民们都抱着冷淡的态度，我怕他们会帮着海瑞福德作乱。喂，你到普拉希去替我问候我的嫂子葛罗斯特夫人，请她立刻给我送来一千镑钱。这指环你拿去作为凭证。

仆人 爵爷，我忘记告诉您，今天我经过那里的时候，曾经进去探望过；可是说下去一定会叫您听了伤心。

理查二世

约克　什么事，小子？

仆人　在我进去的一小时以前，这位公爵夫人已经死了。

约克　慈悲的上帝！怎样一阵悲哀的狂潮，接连不断地向这不幸的国土冲来！我不知道应该做些什么事；我真希望上帝让国王把我的头跟我的哥哥的头同时砍去，只要他杀我不是因为我有什么不忠之心。什么！没有急使派到爱尔兰去吗？我们应该怎样处置这些战费？来，嫂子——恕我，我应该说侄妇。去，家伙，你到家里去，准备几辆车子，把那里所有的甲胄一起装来。（仆人下）列位朋友，你们愿意不愿意去征集一些兵士？我实在不知道怎样料理这些像一堆乱麻一般丢在我手里的事务。两方面都是我的亲族：一个是我的君王，按照我的盟誓和我的天职，我都应该尽力保卫他；那一个也是我的同宗的侄儿，他被国王所亏待，按照我的天良和我的亲属之谊，我也应该替他主持公道。好，我们总要想个办法。来，侄妇，我要先把你安顿好了。列位朋友，你们去把兵士征集起来，立刻到勃克雷的城堡里跟我相会。我应该再到普拉希去一趟，可是时间不会允许我。一切全是一团糟，什么事情都弄得七颠八倒。（约克公爵及王后下。）

布希　派到爱尔兰去探听消息的使者，一路上有顺风照顾他们，可是谁也不见回来。叫我们征募一支可以和敌人抗衡的军队是全然不可能的事。

格林　而且我们对王上的关系这样密切，格外容易引起那些对王上不满的人的仇视。

巴各特　那就是这班反复成性的平民群众；他们的爱是在他们的

钱袋里的，谁倒空了他们的钱袋，就等于把恶毒的仇恨注满在他们的胸膛里。

布希 所以国王才受到一般人的指斥。

巴各特 要是他们有判罪的权力，那么我们也免不了同样的罪名，因为我们一向和王上十分亲密。

格林 好，我要立刻到勃列斯托尔堡去躲避躲避；威尔特郡伯爵已经先到那里了。

布希 我也跟你同去吧；因为怀恨的民众除了像恶狗一般把我们撕成碎块以外，是不会给我们什么好处的。你也愿意跟我们同去吗？

巴各特 不，我要到爱尔兰见王上去。再会吧；要是心灵的预感并非虚妄，那么我们三人在这儿分手以后，恐怕重见无期了。

布希 这要看约克能不能打退波林勃洛克了。

格林 唉，可怜的公爵！他所担负的工作简直是数沙饮海；一个人在他旁边作战，就有一千个人转身逃走。再会吧，我们从此永别了。

布希 呃，也许我们还有相见的一天。

巴各特 我怕是不会的了。（各下。）

第三场　葛罗斯特郡的原野

波林勃洛克及诺森伯兰率军队上。

波林勃洛克 伯爵，到勃克雷还有多少路？

诺森伯兰　不瞒您说，殿下，我在这儿葛罗斯特郡全然是一个陌
　　　　生人；这些高峻的荒山和崎岖不平的道路，使我们的途程
　　　　显得格外悠长而累人；幸亏一路上饱聆着您的清言妙语，
　　　　使我津津有味，乐而忘倦。我想到洛斯和威罗比两人从雷
　　　　文斯泊到考茨华德去，缺少了像您殿下这样一位同行的良
　　　　伴，他们的路途该是多么令人厌倦；但是他们可以用这样
　　　　的希望安慰自己，他们不久就可以享受到我现在所享受的
　　　　幸福；希望中的快乐是不下于实际享受的快乐的，凭着这
　　　　样的希望，这两位辛苦的贵人可以忘记他们道路的迢遥，
　　　　正像我因为追随您的左右而不知疲劳一样。

波林勃洛克　你太会讲话，未免把我的价值过分抬高了。可是谁
　　　　来啦？

　　　　　　　亨利·潘西上。

诺森伯兰　那是我的小儿亨利·潘西，我的兄弟华斯特叫他来的，
　　　　虽然我不知道他现在在什么地方。亨利，你的叔父好吗？

亨利·潘西　父亲，我正要向您问讯他的安好呢。

诺森伯兰　怎么，他不在王后那儿吗？

亨利·潘西　不，父亲，他已经离开宫廷，折断他的指挥杖，把
　　　　王室的仆人都遣散了。

诺森伯兰　他为什么这样做呢？我最近一次跟他谈话的时候，他
　　　　并没有这样的决心。

亨利·潘西　他是因为听见他们宣布您是叛徒，所以才气愤离职
　　　　的。可是，父亲，他已经到雷文斯泊，向海瑞福德公爵投
　　　　诚去了；他叫我路过勃克雷，探听约克公爵在那边征集了
　　　　多少军力，然后再到雷文斯泊去。

诺森伯兰　孩子，你忘记海瑞福德公爵了吗？

亨利·潘西　不，父亲；我的记忆中要是不曾有过他的印象，那就说不上忘记；我生平还没有见过他一面。

诺森伯兰　那么现在你可以认识认识他：这位就是公爵。

亨利·潘西　殿下，我向您掬献我的忠诚；现在我还只是一个少不更事的孩子，可是岁月的磨炼将会使我对您尽更大的劳力。

波林勃洛克　谢谢你，善良的潘西。相信我吧，我所唯一引为骄傲的事，就是我有一颗不忘友情的灵魂；要是我借着你们善意的协助而安享富贵，我决不会辜负你们的盛情。我的心订下这样的盟约，我的手向你们作郑重的保证。

诺森伯兰　这儿到勃克雷还有多远？善良的老约克带领他的战士在那里作些什么活动？

亨利·潘西　那儿有一簇树木的所在就是城堡，照我所探听到的，堡中一共有三百兵士；约克、勃克雷和西摩这几位勋爵都在里边，此外就没有什么有名望的人了。

　　　　　　　　　　洛斯及威罗比上。

诺森伯兰　这儿来的是洛斯勋爵和威罗比勋爵，他们因为急着赶路，马不停蹄，跑得满脸通红，连脸上的血管都爆起来了。

波林勃洛克　欢迎，两位勋爵。我知道你们一片忠爱之心，追逐着一个亡命的叛徒。我现在所有的财富，不过是空言的感谢；等我囊橐充实以后，你们的好意和劳力将会得到它们的酬报。

洛斯　能够看见殿下的尊颜，已经是我们莫大的幸运了。

威罗比　得亲馨欬，足以抵偿我们的劳苦而有余。

理查二世

波林勃洛克　感谢是穷人唯一的资本，在我幼稚的命运成熟以前，我只能用感谢充当慷慨的赐赠。可是谁来啦？

　　　　　　　勃克雷上。

诺森伯兰　我想这是勃克雷勋爵。

勃克雷　海瑞福德公爵，我是奉命来见您说话的。

波林勃洛克　大人，我的答复是，你应该找兰开斯特公爵说话。我来的目的，就是要向英国要求这一个名号；我必须从你嘴里听到这样的称呼，才可以回答你的问话。

勃克雷　不要误会，殿下，我并没有擅自取消您的尊号的意思。随便您是什么公爵都好，我是奉着这国土内最仁慈的摄政约克公爵之命，来问您究竟为了什么原因，趁着这国中无主的时候，您要用同室操戈的手段惊扰我们国内的和平？

　　　　　　　约克率侍从上。

波林勃洛克　我不需要你转达我的话了；他老人家亲自来了。我的尊贵的叔父！（跪。）

约克　让我看看你的谦卑的心；不必向我屈膝，那是欺人而虚伪的敬礼。

波林勃洛克　我的仁慈的叔父——

约克　咄！咄！不要向我说什么仁慈，更不要叫我什么叔父；我不是叛徒的叔父；"仁慈"二字也不应该出之于一个残暴者的嘴里。为什么你敢让你这双被放逐摈斥的脚践踏英格兰的泥土？为什么你敢长驱直入，蹂躏它的和平的胸膛，用战争和可憎恶的武器的炫耀惊吓它的胆怯的乡村？你是因为受上天敕封的君王不在国中，所以想来窥伺神器吗？哼，傻孩子！王上并没有离开他的国土，他的权力都已经交托给了我。当年你的父亲，勇敢的刚特跟我两人曾经从千万法军的重围之中，把那人间的少年战神黑太子[1]搭救出来；可惜现在我的手臂已经瘫痪无力，再也提不起少年时的勇气，否则它将要多么迅速地惩罚你的过失！

波林勃洛克　我的仁慈的叔父，让我知道我的过失；什么是我的罪名，在哪一点上我犯了错误？

约克　你犯的是乱国和谋叛的极恶重罪，你是一个放逐的流徒，却敢在年限未满以前，举兵回国，反抗你的君上。

波林勃洛克　当我被放逐的时候，我是以海瑞福德的名义被放逐的；现在我回来，却是要求兰开斯特的爵号。尊贵的叔父，请您用公正的眼光看看我所受的屈辱吧；您是我的父亲，因为我仿佛看见年老的刚特活现在您的身上；啊！那么，我的父亲，您忍心让我做一个漂泊的流浪者，我的权利和财产被人用暴力劫夺，拿去给那些倖臣亲贵们挥霍吗？为什么我要生到这世上来？要是我那位王兄是英格兰的国王，我当然也是名正言顺的兰开斯特公爵。您有一个儿子，我的奥墨尔贤弟；要是您先死了，他被人这样凌辱，他一定会从他的伯父刚特身上找到一个父亲，替他伸雪不平。虽然我有产权证明书，他们却不准我声请掌管我父亲的遗产；他生前所有的一切，都已被他们没收的没收，变卖的变卖，全部充作不正当的用途了。您说我应该怎么办？我是一个国家的臣子，要求法律的救援；可是没有一个辩护

---

①黑太子（The Black Prince，1330-1376），英王爱德华三世之子，以其甲胄为黑色，故名。

士替我仗义执言，所以我不得不亲自提出我的世袭继承权
的要求。

诺森伯兰　这位尊贵的公爵的确是被欺太甚了。

洛斯　殿下应该替他主持公道。

威罗比　卑贱的小人因为窃据他的财产，已经身价十倍。

约克　各位英国的贵爵们，让我告诉你们这一句话：对于我这位
　　　　侄儿所受的屈辱，我也是很抱同情的，我曾经尽我所有的
　　　　能力保障他的权利；可是像这样声势汹汹地兴师动众而来，
　　　　用暴力打开自己的路，凭不正义的手段来寻求正义，这种
　　　　行为是万万不能容许的；你们帮助他作这种举动的人，也
　　　　都是助逆的乱臣，国家的叛徒。

诺森伯兰　这位尊贵的公爵已经宣誓他这次回国的目的，不过是
　　　　要求他所原有的应得的权利；为了帮助他达到这个目的，
　　　　我们都已经郑重宣誓给他充分的援助；谁要是毁弃了那一
　　　　个誓言，愿他永远得不到快乐！

约克　好，好，我知道这一场干戈将会发生怎样的结果。我承认
　　　　我已经无力挽回大局，因为我的军力是疲弱不振的；可是
　　　　凭着那给我生命的造物主发誓，要是我有能力的话，我一
　　　　定要把你们一起抓住，使你们在王上的御座之前匍匐乞
　　　　命；可是我既然没有这样的力量，我只能向你们宣布，我
　　　　继续站在中立者的地位。再会吧；要是你们愿意的话，我
　　　　很欢迎你们到我们堡里来安度一宵。

波林勃洛克　叔父，我们很愿意接受您的邀请；可是我们必须先
　　　　劝您陪我们到勃列斯托尔堡去一次；据说那一处城堡现在
　　　　为布希、巴各特和他们的党徒所占领，这些都是祸国殃民

的蠹虫，我已经宣誓要把他们歼灭。

约克　也许我会陪你们同去；可是我不能不踟蹰，因为我不愿破坏我们国家的法律。我既不能把你们当做友人来迎接，也不能当做敌人。无可挽救的事，我只好置之度外了。（同下。）

第四场　威尔士。营地

萨立斯伯雷及一队长上。

队长　萨立斯伯雷大人，我们已经等了十天之久，好容易把弟兄们笼络住了，没有让他们一哄而散；可是直到现在，还没有听见王上的消息，所以我们只好把队伍解散了。再会。

萨立斯伯雷　再等一天吧，忠实的威尔士人；王上把他全部的信任寄托在你的身上哩。

队长　人家都以为王上死了；我们不愿意再等下去。我们国里的月桂树已经一起枯萎；流星震撼着天空的星座；脸色苍白的月亮用一片血光照射大地；形容瘦瘠的预言家们交头接耳地传述着惊人的变化；富人们愁眉苦脸，害怕失去他们所享有的一切；无赖们鼓舞雀跃，因为他们可以享受到战争和劫掠的利益：这种种都是国王们死亡没落的预兆。再会吧，我们那些弟兄们因为相信他们的理查王已经不在人世，早已纷纷走散了。（下。）

萨立斯伯雷　啊，理查！凭着我的沉重的心灵之眼，我看见你的光荣像一颗流星，从天空中降落到卑贱的地上。你的太阳流着泪向西方沉没，看到即将到来的风暴、不幸和扰乱。你的朋友都投奔你的敌人去了，命运完全站在和你反对的地位。（下。）

第三幕

第一场　勃列斯托尔。波林勃洛克营地

波林勃洛克、约克、诺森伯兰、亨利·潘西、威罗比、
洛斯同上；军官等押被俘之布希、格林随上。

波林勃洛克　把这两人带上来。布希、格林，你们的灵魂不久就
要和你们的身体分别了，我不愿过分揭露你们生平的罪
恶，使你们的灵魂痛苦，因为这是不人道的；可是为了从
我的手上洗去你们的血，证明我没有冤杀无辜起见，我要
在这儿当众宣布把你们处死的几个理由。你们把一个堂堂
正统的君王导入歧途，使他陷于不幸的境地，在众人心目
中全然失去了君主的尊严；你们引诱他昼夜嬉游，流连忘
返，隔绝了他的王后和他两人之间的恩爱，使一个美貌的
王后孤眠独宿，因为你们的罪恶而终日以泪洗面。我自己

是国王近支的天潢贵胄，都是因为你们的离间中伤，挑拨是非，才使我失去他的眷宠，忍受着难堪的屈辱，在异邦的天空之下吐出我的英国人的叹息，咀嚼那流亡生活的苦味；同时你们却侵占我的领地，毁坏我的苑囿，砍伐我的树林，从我自己的窗户上扯下我的家族的纹章，刮掉我的图印，使我除了众人的公论和我的生存的血液以外，再也没有证据可以向世间表明我是一个贵族。这一切还有其他不止两倍于此的许多罪状，判定了你们的死刑。来，把他们带下去立刻处决。

布希 我欢迎死亡的降临，甚于英国欢迎波林勃洛克。列位大人，再会了。

格林 我所引为自慰的是上天将会接纳我们的灵魂，用地狱的酷刑谴责那些屈害忠良的罪人。

波林勃洛克 诺森伯兰伯爵，你去监视他们的处决。（诺森伯兰伯爵及余人等押布希、格林同下）叔父，您说王后现在暂住在您的家里；为了上帝的缘故，让她得到优厚的待遇；告诉她我问候她的安好，千万不要忘了替我向她致意。

约克 我已经差一个人去给她送信，告诉她您的好意了。

波林勃洛克 谢谢，好叔父。来，各位勋爵，我们现在要去向葛兰道厄和他的党徒作战；暂时辛苦你们一下，过后就可以坐享安乐了。（同下。）

第二场　威尔士海岸。一城堡在望

　　　　喇叭奏花腔；鼓角齐鸣。理查王、卡莱尔主教、奥墨尔及兵士等上。

理查王　前面这一座城堡，就是他们所称为巴克洛利堡的吗？

奥墨尔　正是，陛下。陛下经过这一次海上的风波，觉得这儿的空气怎样？

理查王　我不能不喜欢它；我因为重新站在我的国土之上，快乐得流下泪来了。亲爱的大地，虽然叛徒们用他们的铁骑蹂躏你，我要向你举手致敬；像一个和她的儿子久别重逢的母亲，疼爱的眼泪里夹着微笑，我也是含着泪含着笑和你相会，我的大地，并且用我至尊的手抚爱着你。不要供养你的君王的敌人，我的温柔的大地，不要用你甘美的蔬果滋润他的饕餮的肠胃；可是让那吮吸你的毒液的蜘蛛和臃肿不灵的虾蟆挡住他的去路，螫刺那用僭逆的步伐践踏你的奸人的脚。为我的敌人们多生一些刺人的荆棘；当他们从你的胸前采下一朵鲜花的时候，请你让一条蜷伏的毒蛇守卫它，那毒蛇的双叉的舌头也许可以用致命的一触把你君王的敌人杀死。不要讥笑我的无意义的咒诅，各位贤卿；这大地将会激起它的义愤，这些石块都要成为武装的兵士，保卫它们祖国的君王，使他不至于屈服在万恶的叛徒的武力之下。

卡莱尔　不用担心，陛下；那使您成为国王的神明的力量，将会替您扫除一切障碍，维持您的王位。我们应该勇于接受而不该蔑弃上天所给予我们的机会，否则如果逆天行事，就等于拒绝了天赐给我们的转危为安的帮助。

奥墨尔 陛下，他的意思是说，我们太疏忽懈怠了；波林勃洛克乘着我们的不备，他的势力一天一天强大起来，响应他的人一天一天多起来了。

理查王 贤弟，你说话太丧气了！你不知道当那炯察一切的天眼隐藏在地球的背后照耀着下方的世界的时候，盗贼们是会在黑暗中到处横行，干他们杀人流血的恶事的；可是当太阳从地球的下面升起，把东山上的松林照得一片通红，它的光辉探照到每一处罪恶的巢窟的时候，暗杀、叛逆和种种可憎的罪恶，因为失去了黑夜的遮蔽，就会在光天化日之下无所遁形，向着自己的影子战栗吗？现在我正在地球的另一端漫游，放任这窃贼，这叛徒，波林勃洛克，在黑夜之中肆意猖狂，可是他不久将要看见我从东方的宝座上升起，他的奸谋因为经不起日光的逼射，就会羞形于色，因为他自己的罪恶而战栗了。汹涌的怒海中所有的水，都洗不掉涂在一个受命于天的君王顶上的圣油；世人的呼吸决不能吹倒上帝所简选的代表。每一个在波林勃洛克的威压之下，向我的黄金的宝冠举起利刃来的兵士，上帝为了他的理查的缘故，会派遣一个光荣的天使把他击退；当天使们参加作战的时候，弱小的凡人必归于失败，因为上天是永远保卫正义的。

　　　　　　萨立斯伯雷上。

理查王 欢迎，伯爵；你的军队驻在什么地方？

萨立斯伯雷 说近不近，说远不远，陛下，除了我这一双无力的空手以外，我已经没有一兵一卒了；烦恼控制着我的唇舌，使我只能说一些绝望的话。仅仅迟了一天的时间，陛下，我怕已经使您终身的幸福蒙上一层阴影了。啊！要是时间能够倒流，我们能够把昨天召唤回来，您就可以有一万两千个战士；今天，今天，太迟了的不幸的日子，却把您的欢乐、您的朋友、您的命运和您的尊荣一起摧毁了；因为所有的威尔士人听说您已经死去，有的投奔波林勃洛克，有的四散逃走，一个都不剩了。

奥墨尔　　宽心点儿，陛下！您的脸色为什么这样惨白？

理查王　　就在刚才，还有两万个战士的血充溢在我的脸上，现在它们都已经离我而去了；在同样多的血回到我脸上之前，我怎么会不惨白如死？爱惜生命的人，你们都离开我吧，因为时间已经在我的尊荣上留下一个不可洗刷的污点。

奥墨尔　　宽心，陛下！记着您是什么人。

理查王　　我已经忘记我自己了。我不是国王吗？醒来，你这懒惰的国王！不要再贪睡了。国王的名字不是可以抵得上两万个名字吗？武装起来，我的名字！一个微贱的小臣在打击你的伟大的光荣了。不要垂头丧气，你们这些被国王眷宠的人们；我们不是高出别人之上吗？让我们把志气振作起来。我知道我的叔父约克还有相当的军力，可以帮我们打退敌人。可是谁来啦？

　　　　　　史蒂芬·斯克鲁普爵士上。

斯克鲁普　　愿健康和幸福降于陛下，忧虑锁住了我的舌头，使我说不出其他颂祷的话来。

理查王　　我的耳朵张得大大的，我的心也有了准备；你所能向我宣布的最不幸的灾祸，不过是人世间的损失。说，我的王国灭亡了吗？它本来是我的烦恼的根源；从此解除烦恼，那又算得了什么损失？波林勃洛克想要和我争雄夺霸吗？他不会强过我；要是他敬奉上帝，我也敬奉上帝，在上帝之前，我们的地位是同等的。我的臣民叛变吗？那是我无能为力的事；他们不仅背叛了我，也同样背叛了上帝。高喊着灾祸、毁灭、丧亡和没落吧；死是最不幸的结局，它必须得到它的胜利。

斯克鲁普　我很高兴陛下能够用这样坚毅的精神，忍受这些灾祸的消息。像一阵违反天时的暴风雨，使浩浩的河水淹没了它们的堤岸，仿佛整个世界都融化为眼泪一般，波林勃洛克的盛大的声威已经超越它的限度，您的恐惧的国土已经为他的坚硬而明亮的刀剑和他那比刀剑更坚硬的军心所吞没了。白须的老翁在他们枯瘦而光秃的头上顶起了战盔反对您；喉音娇嫩的儿童拼命讲着夸大的话，在他们柔弱的身体上披起了坚硬而笨重的战甲反对您；即使受您恩施的贫民，也学会了弯起他们的杉木弓反对您；甚至于纺线的妇女们也挥舞着锈腐的戈矛反对您：年轻的年老的一起叛变，一切比我所能说出来的情形还坏许多。

理查王　你把一段恶劣的故事讲得太好，太好了。威尔特郡伯爵呢？巴各特呢？布希怎么样啦？格林到哪儿去了？为什么他们竟会让危险的敌人兵不血刃地踏进我们的国界？要是我得胜了，看他们保得住保不住他们的头颅。我敢说他们一定跟波林勃洛克讲和啦。

斯克鲁普　他们是跟他讲了和啦，陛下。

理查王　啊，奸贼，恶人，万劫不赦的东西！向任何人都会摇尾乞怜的狗！借着我的心头的血取暖，反而把我的心刺了一口的毒蛇！三个犹大，每一个都比犹大恶三倍！他们会讲和吗？为了这一件过失，愿可怕的地狱向他们有罪的灵魂宣战！

斯克鲁普　亲密的情爱一旦受到激动，是会变成最深切的怨恨的。撤销您对他们的灵魂所作的咒诅吧；他们是用头、不是用手讲和的；您所咒诅的这几个人，都已经领略到死亡的最大的惨痛，在地下瞑目长眠了。

奥墨尔　布希、格林和威尔特郡伯爵都死了吗？

斯克鲁普　是的，他们都在勃列斯托尔失去了他们的头颅。

奥墨尔　我的父亲约克公爵和他的军队呢？

理查王　不必问他在什么地方。谁也不准讲那些安慰的话儿，让我们谈谈坟墓、蛆虫和墓碑吧；让我们以泥土为纸，用我们淋雨的眼睛在大地的胸膛上写下我们的悲哀；让我们找几个遗产管理人，商议我们的遗嘱——可是这也不必，因为我们除了把一具尸骸还给大地以外，还有什么可以遗留给后人的？我们的土地、我们的生命，一切都是波林勃洛克的，只有死亡和掩埋我们骨骼的一抔黄土，才可以算是属于我们自己的。为了上帝的缘故，让我们坐在地上，讲些关于国王们的死亡的悲惨的故事；有些是被人废黜的，有些是在战场上阵亡的，有些是被他们所废黜的鬼魂们缠绕着的，有些是被他们的妻子所毒毙的，有些是在睡梦中被杀的，全都不得善终；因为在那围绕着一个凡世的国王头上的这顶空洞的王冠之内，正是死神驻节的宫廷，这妖

理查二世

魔高坐在里边，挪揄他的尊严，讪笑他的荣华，给他一段短短的呼吸的时间，让他在舞台上露一露脸，使他君临万民，受尽众人的敬畏，一眨眼就可以置人于死命，把妄自尊大的思想灌注他的心头，仿佛这包藏着我们生命的血肉的皮囊，是一堵不可摧毁的铜墙铁壁一样；当他这样志得意满的时候，却不知道他的末日已经临近眼前，一枚小小的针就可以刺破他的壁垒，于是再会吧，国王！戴上你们的帽子；不要把严肃的敬礼施在一个凡人的身上；丢开传统的礼貌，仪式的虚文，因为你们一向都把我认错了；像你们一样，我也靠着面包生活，我也有欲望，我也懂得悲哀，我也需要朋友；既然如此，你们怎么能对我说我是一个国王呢？

卡莱尔　陛下，聪明人决不袖手闲坐，嗟叹他们的不幸；他们总是立刻起来，防御当前的祸患。畏惧敌人徒然沮丧了自己的勇气，也就是削弱自己的力量，增加敌人的声势，等于让自己的愚蠢攻击自己。畏惧并不能免于一死，战争的结果大不了也不过一死。奋战而死，是以死亡摧毁死亡；畏怯而死，却做了死亡的奴隶。

奥墨尔　我的父亲还有一支军队；探听探听他的下落，也许我们还可以收拾残部，重整旗鼓。

理查王　你责备得很对。骄傲的波林勃洛克，我要来和你亲自交锋，一决我们的生死存亡。这一阵像疟疾发作一般的恐惧已经消失了；争回我们自己的权利，这并不是一件艰难的工作。说，斯克鲁普，我的叔父和他的军队驻扎在什么地方？说得好听一些，汉子，虽然你的脸色这样阴沉。

斯克鲁普　人们看着天色，就可以判断当日的气候；您也可以从我的黯淡而沉郁的眼光之中，知道我只能告诉您一些不幸的消息。我正像一个用苛刑拷问的酷吏，尽用支吾延宕的手段，把最恶的消息留在最后说出。您的叔父约克已经和波林勃洛克联合了，您的北部的城堡已经全部投降，您的南方的战士也已经全体归附他的麾下。

理查王　你已经说得够了。(向奥墨尔公爵)兄弟，我本来已经万虑皆空，你却又把我领到了绝望的路上！你现在怎么说？我们现在还有些什么安慰？苍天在上，谁要是再劝我安心宽慰，我要永远恨他。到弗林特堡去；我要在那里忧思而死。我，一个国王，将要成为悲哀的奴隶；悲哀是我的君王，我必须服从他的号令。我手下所有的兵士，让他们一起解散了吧；让他们回去耕种自己的田亩，那也许还有几分收获的希望，因为跟着我是再也没有什么希望的了。谁也不准说一句反对的话，一切劝告都是徒然的。

奥墨尔　陛下，听我说一句话。

理查王　谁要是用谄媚的话刺伤我的心，那就是给我双重的损害。解散我的随从人众；让他们赶快离开这儿，从理查的黑夜踏进波林勃洛克的光明的白昼。(同下。)

第三场　威尔士。弗林特堡前

旗鼓前导，波林勃洛克率军队上；约克、诺森伯兰及余人等随上。

波林勃洛克　从这一个情报中，我们知道威尔士军队已经解散，萨立斯伯雷和国王相会去了；据说国王带了少数的心腹，最近已经在这儿的海岸登陆。

诺森伯兰　这是一个大好的消息，殿下；理查一定躲在离此不远的地方。

约克　诺森伯兰伯爵似乎应该说"理查王"才是；唉，想不到一位神圣的国王必须把他自己躲藏起来！

诺森伯兰　您误会我的意思了；只是因为说起来简便一些，我才略去了他的尊号。

约克　要是在以往的时候，你敢对他这样简略无礼，他准会简单干脆地把你的头取了下来的。

波林勃洛克　叔父，您不要过分猜疑。

约克　贤侄，你也不要过分肯定，不要忘了老天就在我们的头上。

波林勃洛克　我知道，叔父；我决不违抗上天的意旨。可是谁来啦？

　　　　　亨利·潘西上。

波林勃洛克　欢迎，亨利！怎么，这一座城堡不愿投降吗？

亨利·潘西　殿下，一个最尊贵的人守卫着这座城堡，拒绝您的进入。

波林勃洛克　最尊贵的！啊，国王不在里边吗？

亨利·潘西　殿下，正是有一个国王在里边；理查王就在那边灰石的围墙之内，跟他在一起的是奥墨尔公爵，萨立斯伯雷伯爵，史蒂芬·斯克鲁普爵士，此外还有一个道貌岸然的教士，我不知道他是什么人。

诺森伯兰　啊！那多半是卡莱尔主教。

波林勃洛克 （向诺森伯兰伯爵）贵爵，请你到那座古堡的顽强的墙壁之前，用铜角把谈判的信号吹进它的残废的耳中，为我这样传言：亨利·波林勃洛克屈下他的双膝，敬吻理查王的御手，向他最尊贵的本人致献臣服的诚意和不贰的忠心；就在他的足前，我准备放下我的武器，遣散我的军队，只要他能答应撤销我的放逐的判决，归还我的应得的土地。不然的话，我要利用我的军力的优势，让那从被屠杀的英国人的伤口中流下的血雨浇溉夏天的泥土；可是我的谦卑的忠顺将会证明用这种腥红的雨点浸染理查王的美好的青绿的田野，决不是波林勃洛克的本意。去，这样对他说；我们就在这儿平坦的草原上整队前进。让我们进军的时候不要敲起惊人的鼓声，这样可以让他们从那城堡的摇摇欲倾的雉堞之上，看看我们雄壮的军容。我想理查王跟我上阵的时候，将要像水火的交攻一样骇人，那彼此接触时的雷鸣巨响，可以把天空震破。让他做火，我愿意做柔顺的水；雷霆之威是属于他的，我只向地上浇洒我的雨露。前进！注意理查王的脸色。

> 吹谈判信号，内吹喇叭相应。喇叭奏花腔。理查王、卡莱尔主教、奥墨尔、斯克鲁普及萨立斯伯雷登城。

亨利·潘西 瞧，瞧，理查王亲自出来了，正像那赧颜而含愠的太阳，因为看见嫉妒的浮云要来侵蚀他的荣耀，污毁他那到西天去的光明的道路，所以从东方的火门里探出脸来一般。

约克 可是他的神气多么像一个国王！瞧，他的眼睛，像鹰眼一般明亮，射放出慑人的威光。唉，唉！这样庄严的仪表是不应该被任何的损害所污毁的。

理查王 （向诺森伯兰）你的无礼使我惊愕；我已经站了这一会儿工夫，等候你惶恐地屈下你的膝来，因为我想我是你的合法的君王；假如我是你的君王，你怎么敢当着我的面前，忘记你的君臣大礼？假如我不是你的君王，请给我看那解除我的君权的上帝的敕令；因为我知道，除了用偷窃和篡夺的手段以外，没有一只凡人的血肉之手可以攫夺我的神圣的御杖。虽然你们以为全国的人心正像你们一样，都已经离弃了我，我现在众叛亲离，孤立无助；可是告诉你吧，我的君侯，万能的上帝正在他的云霄之中为我召集降散瘟疫的天军；你们这些向我举起卑劣的手，威胁我的庄严的宝冕的叛徒们，可怕的天谴将要波及在你们尚未诞生的儿孙的身上。告诉波林勃洛克——我想在那边的就是他——他在我的国土上践踏着的每一个步伐都是重大的叛逆的行为；他要来展开一场猩红的血战，可是当那被他所追求的王冠安然套上他的头顶以前，一万颗血污的头颅将要毁损了英格兰的如花美颜，使她那处女一般苍白的和平的面容变成赤热的愤怒，把忠实的英国人的血液浇洒她的牧场上的青草。

诺森伯兰 上帝决不容许任何暴力侵犯我们的君主！您的高贵的兄弟亨利·波林勃洛克谦卑地吻您的手；凭着您的伟大的祖父的光荣的陵墓，凭着你们两人系出同源的王族的血统，凭着他的先人刚特的勇武的英灵，凭着他自己的身价和荣誉，以及一切可发的约誓和可说的言语——他宣誓此来的目的，不过是希望归还他的先人的遗产，并且向您长跪请求立刻撤销他的放逐的处分；王上要是能够答应他这两项条件，他愿意收起他的辉煌的武器，让它们生起锈来，把他的战马放归厩舍，他的一片忠心，愿意永远为陛下尽瘁效劳。这是他凭着一个王子的身分所发的正直的誓言，我相信他绝对没有虚伪。

理查王　诺森伯兰，你去说，国王的答复是这样的：他竭诚欢迎他的高贵的兄弟回来；他的一切正当的要求，都可以毫无异议地接受下来。请你运用你的美妙的口才，替我向他殷勤致意。（诺森伯兰伯爵退下至波林勃洛克处。向奥墨尔公爵）贤弟，我这样卑颜甘语，不是太自贬身分了吗？你说我要不要叫诺森伯兰回来，对他宣告我向那叛贼挑战的意思，让我们拼着一战而死？

奥墨尔　不，陛下，让我们暂时用温和的言语作战，等我们有了可以用实力帮助我们的朋友以后，再来洗雪今天的耻辱吧。

理查王　上帝啊！上帝啊！想不到我的舌头向那骄傲的汉子宣布了严厉的放逐的判决，今天却要用柔和的字句撤销我的前言。啊！我希望我是一个像我的悲哀一样庞大的巨人，或者是一个比我的名号远为渺小的平民；但愿我能够忘记我的以往的尊严，或者茫然于我的目前的处境。高傲的心灵啊，你是充满了怒气吗？我将让你放纵地跳跃，因为敌人正在对你和对我耀武扬威。

奥墨尔　诺森伯兰从波林勃洛克那里回来了。

理查王　国王现在应该怎么办？他必须屈服吗？国王就屈服吧。他必须被人废黜吗？国王就逆来顺受吧。他必须失去国王的名义吗？凭着上帝的名义，让它去吧。我愿意把我的珍宝换一串祈祷的念珠，把我的豪华的宫殿换一所隐居的茅庵，把我的富丽的袍服换一件贫民的布衣，把我的雕刻的酒杯换一只粗劣的木盏，把我的王节换一根游方僧的手杖，把我的人民换一对圣徒的雕像，把我的广大的王国换一座小小的坟墓，一座小小的小小的坟墓，一座荒僻的坟墓；或者我愿意埋葬在国王的大道之中，商旅来往频繁的所在，让人民的脚每小时践踏在他们君王的头上，因为当我现在活着的时候，他们尚且在蹂躏着我的心，那么我一旦埋骨地下，为什么不可以践踏我的头呢？奥墨尔，你在流泪了，我的软心肠的兄弟！让我们用可憎的眼泪和叹息造成一场狂风暴雨，摧折那盛夏的谷物，使这叛变的国土之内到处饥荒。或者我们要不要玩弄我们的悲哀，把流泪作为我们的游戏？我们可以让我们的眼泪尽流在同一的地面之上，直到它们替我们冲成了一对墓穴，上面再刻着这样的文字："这儿长眠着两个亲人，他们用泪眼掘成他们的坟墓。"这不也是苦中求乐吗？好，好，我知道我不过在说些无聊的废话，你们都在笑我了。最尊严的君侯，我的诺森伯兰大人，波林勃洛克王怎么说？他允许让理查活命，直到理查寿命告终的一天吗？你只要弯一弯腿，波林勃洛克就会点头答应的。

诺森伯兰　陛下，他在阶下恭候着您，请您下来吧。

理查王　下来，下来，我来了；就像驾驭日轮的腓通，因为他的马儿不受羁勒，从云端翻身坠落一般。在阶下？阶下，那正在堕落了的国王奉着叛徒的呼召，颠倒向他致敬的所在。在阶下？下来？下来吧，国王！因为冲天的云雀的歌鸣，已经被夜枭的叫声所代替了。（自上方下。）

波林勃洛克　王上怎么说？

诺森伯兰　悲哀和忧伤使他言语痴迷，像一个疯子一般。可是他来了。

理查王及侍从等上。

波林勃洛克　大家站开些，向王上敬礼。（跪）我的仁慈的陛下——

理查王　贤弟，你这样未免有屈你的贵膝，使卑贱的泥土因为吻着它而自傲了；我宁愿我的心感到你的温情，我的眼睛却并不乐于看见你的敬礼。起来，兄弟，起来；虽然你低屈着你的膝，我知道你有一颗奋起的雄心，至少奋起到——这儿。（指头上王冠。）

波林勃洛克　陛下，我不过是来要求我自己的权利。

理查王　你自己的一切是属于你的，我也是属于你的，一切全都是属于你的。

波林勃洛克　我的最尊严的陛下，但愿我的微诚能够辱邀眷注，一切都是出于陛下的恩赐。

理查王　你尽可以受之无愧；谁要是知道用最有力而最可靠的手段取得他所需要的事物，他就有充分享受它的权利。叔父，把你的手给我；不，揩干你的眼睛；眼泪虽然可以表示善意的同情，却不能挽回已成的事实。兄弟，我太年轻了，不配做你的父亲，虽然按照年龄，你很有资格做我的后嗣。你要什么我都愿意心悦诚服地送给你，因为我们必须顺从环境压力的支配。现在我们要向伦敦进发，贤弟，是不是？

理查二世

波林勃洛克　正是，陛下。

理查王　那么我就不能说一个不字。（喇叭奏花腔。同下。）

第四场　兰雷。约克公爵府中花园

王后及二宫女上。

王后　我们在这儿园子里面，应该想出些什么游戏来排遣我们的忧思？

宫女甲　娘娘，我们来滚木球玩吧。

王后　它会使我想起这是一个障碍重重的世界，我的命运已经逸出了它的正轨。

宫女甲　娘娘，我们来跳舞吧。

王后　我的可怜的心头充满了无限的哀愁，我的脚下再也跳不出快乐的节奏；所以不要跳舞，姑娘，想些别的玩意儿吧。

宫女甲　娘娘，那么我们来讲故事好不好？

王后　悲哀的还是快乐的？

宫女甲　娘娘，悲哀的也要讲，快乐的也要讲。

王后　悲哀的我也不要听，快乐的我也不要听；因为假如是快乐的故事，我是一个全然没有快乐的人，它会格外引起我的悲哀；假如是悲哀的故事，我的悲哀已经太多了，它会使我在悲哀之上再加悲哀。我已经有的，我无须反复絮说；我所缺少的，抱怨也没有用处。

宫女甲　娘娘，让我唱支歌儿给您听听。

王后　你要是有那样的兴致，那也很好；可是我倒宁愿你对我哭泣。

宫女甲 娘娘，要是哭泣可以给您安慰，我也会哭一下的。

王后 要是哭泣可以给我安慰，我也早就会唱起歌来，用不着告借你的眼泪了。可是且慢，园丁们来了；让我们走进这些树木的阴影里去。我可以打赌，他们一定会谈到国家大事；因为每次政局发生变化的时候，谁都会对国事发一些议论，在值得慨叹的日子来到之前，先慨叹一番。（王后及宫女等退后。）

　　　　　　一园丁及二仆人上。

园丁 去，你把那边垂下来的杏子扎起来，它们像顽劣的子女一般，使它们的老父因为不胜重负而弯腰屈背；那些弯曲的树枝你要把它们支撑住了。你去做一个刽子手，斩下那些长得太快的小枝的头，它们在咱们的共和国里太显得高傲了，咱国里一切都应该平等的。你们去做各人的事，我要去割下那些有害的莠草，它们本身没有一点用处，却会吸收土壤中的肥料，阻碍鲜花的生长。

仆甲 我们何必在这小小的围墙之内保持着法纪、秩序和有条不紊的布置，夸耀我们雏型的治绩；你看我们那座以大海为围墙的花园，我们整个的国土，不是莠草蔓生，她的最美的鲜花全都窒息而死，她的果树无人修剪，她的篱笆东倒西歪，她的花池凌乱无序，她的佳卉异草，被虫儿蛀的枝叶凋残吗？

园丁 不要胡说。那容忍着这样一个凌乱无序的春天的人，自己已经遭到落叶飘零的命运；那些托庇于他的广布的枝叶之下，名为拥护他，实则在吮吸他的精液的莠草，全都被波

理查二世

林勃洛克连根拔起了；我的意思是说威尔特郡伯爵和布希、格林那些人们。

仆甲　什么！他们死了吗？

园丁　他们都死了；波林勃洛克已经捉住那个浪荡的国王。啊！可惜他不曾像我们治理这座花园一般治理他的国土！我们每年按着时季，总要略微割破我们果树的外皮，因为恐怕它们过于肥茂，反而结不出果子；要是他能够用同样的手段，对付那些威权日盛的人们，他们就可以自知戒饬，他也可以尝到他们忠心的果实。对于多余的旁枝，我们总是毫不吝惜地把它们剪去，让那结果的干枝繁荣滋长；要是他也能够采取这样的办法，他就可以保全他的王冠，不致于在嬉戏游乐之中把它轻轻断送了。

仆甲　呀！那么你想国王将要被他们废黜吗？

园丁　他现在已经被人压倒，说不定他们会把他废黜的。约克公爵的一位好朋友昨晚得到那边来信，信里提到的都是一些很坏的消息。

王后　啊！我再不说话就要闷死了。（上前）你这地上的亚当，你是来治理这座花园的，怎么敢掉弄你的粗鲁放肆的舌头，说出这些不愉快的消息？哪一个夏娃，哪一条蛇，引诱着你，想造成被咒诅的人类第二次的堕落？为什么你要说理查王被人废黜？你这比无知的泥土略胜一筹的蠢物，你竟敢预言他的没落吗？说，你是在什么地方，什么时候，怎样听到这些恶劣的消息的？快说，你这贱奴。

园丁　恕我，娘娘；说出这样的消息，对于我并不是一件快乐的事，可是我所说的都是事实。理查王已经在波林勃洛克的强力的挟持之下；他们两人的命运已经称量过了：在您的主上这一方面，除了他自己本身以外一无所有，只有他那一些随身的虚骄的习气，使他显得格外轻浮；可是在伟大的波林勃洛克这一方面，除了他自己以外，有的是全英国的贵族；这样两相比较，就显得轻重悬殊，把理查王的声势压下去了。您赶快到伦敦去，就可以亲自看个明白；我所说的不过是每一个人都知道的事实。

王后　捷足的灾祸啊，你的消息本应该以我作对象，但你却直到最后才让我知道吗？啊！你所以最后告诉我，一定是想使我把悲哀长留胸臆。来，姑娘们，我们到伦敦去，会一会伦敦的不幸的君王吧。唉！难道我活了这一辈子，现在必须用我的悲哀的脸色，欢迎伟大的波林勃洛克的凯旋吗？园丁，因为你告诉我这些不幸的消息，但愿上帝使你种下的草木永远不能生长。（王后及宫女等下。）

园丁　可怜的王后！要是你能够保持你的尊严的地位，我也甘心受你的咒诅，牺牲我的毕生的技能。这儿她落下过一滴眼泪；就在这地方，我要种下一列苦味的芸香；这象征着忧愁的芳草不久将要发芽长叶，纪念一位哭泣的王后。（同下。）

第四幕

第一场　伦敦。威司敏斯特大厅

中设御座，诸显贵教士列坐右侧，贵族列坐左侧，平民立于阶下。波林勃洛克、奥墨尔、萨立、诺森伯兰、亨利·潘西、费兹华特、另一贵族、卡莱尔主教、威司敏斯特长老及侍从等上。警吏等押巴各特随上。

波林勃洛克　叫巴各特上来。巴各特，老实说吧，你知道尊贵的葛罗斯特是怎么死的；谁在国王面前挑拨是非，造成那次惨案；谁是动手干这件流血的暴行，使他死于非命的正凶主犯？

巴各特　那么请把奥墨尔公爵叫到我的面前来。

波林勃洛克　贤弟，站出来，瞧瞧那个人。

巴各特　奥墨尔公爵，我知道您的勇敢的舌头决不会否认它过去所说的话。那次阴谋杀害葛罗斯特的时候，我曾经听见您说，"我的手臂不是可以从这儿安静的英国宫廷里，一直伸到卡莱，取下我的叔父的首级来吗？"同时在其他许多谈话之中，我还听见您说，您宁愿拒绝十万克郎的厚赠，不让波林勃洛克回到英国来；您还说，要是您这位族兄死了，对于国家是一件多大的幸事。

奥墨尔　各位贵爵，各位大人，我应该怎样答复这个卑鄙的小人？我必须自贬身分，站在同等的地位上给他以严惩吗？我必须这样做，否则我的荣誉就要被他的谗口所污毁。这儿我掷下我的手套，它是一道催命的令牌，注定把你送下地狱里去。我说你说的都是谎话，我要用你心头的血证明你的言辞的虚伪，虽然像你这样下贱之人，杀了你也会污了我的骑士的宝剑。

波林勃洛克　巴各特，住手！不准把它拾起来。

奥墨尔　他激动了我满腔的怒气；除了一个人之外，我希望他是这儿在场众人之中地位最高的人。

费兹华特　要是你只肯向同等地位的人表现你的勇气，那么奥墨尔，这儿我向你掷下我的手套。凭着那照亮你的嘴脸的光明的太阳起誓，我曾经听见你大言不惭地说过，尊贵的葛罗斯特是死在你手里的。要是你二十次否认这一句话，也免不了谎言欺人的罪名，我要用我的剑锋把你的谎话送还到你那充满着奸诈的心头。

奥墨尔　懦夫，你没有那样的胆量。

费兹华特　凭着我的灵魂起誓，我希望现在就和你决一生死。

奥墨尔　费兹华特，你这样诬害忠良，你的灵魂要永堕地狱了。

亨利·潘西　奥墨尔，你说谎；他对你的指斥全然是他的忠心的流露，不像你一身都是奸伪。这儿我掷下我的手套，我要在殊死的决斗里证明你是怎样一个家伙；你有胆量就把它拾起来吧。

奥墨尔　要是我不把它拾起来，愿我的双手一起烂掉，永远不再向我的敌人的辉煌的战盔挥动复仇的血剑！

贵族　我也向地上掷下我的手套，背信的奥墨尔；为要激恼你的缘故，我要从朝到晚，不断地向你奸诈的耳边高呼着说谎。这儿是我的荣誉的信物；要是有胆量的话，你就该接受我的挑战。

奥墨尔　还有谁要向我挑战？凭着上天起誓，我要向一切人掷下我的手套。在我的一身之内，藏着一千个勇敢的灵魂，二万个像你们这种家伙我都对付得了。

萨立　费兹华特大人，我记得很清楚那一次奥墨尔跟您的谈话。

费兹华特　不错不错，那时候您也在场；您可以证明我的话是真的。

萨立　苍天在上，你的话全然是假的。

费兹华特　萨立，你说谎！

萨立　卑鄙无耻的孩子！我的宝剑将要重重地惩罚你，叫你像你父亲的尸骨一般，带着你的谎话长眠地下。为了证明你的虚伪，这儿是代表我的荣誉的手套；要是你有胆量，接受我的挑战吧。

费兹华特　一头奔马是用不着你的鞭策的。要是我有敢吃、敢喝、敢呼吸、敢生活的胆量，我就敢在旷野里和萨立相会，把唾沫吐在他的脸上，说他说谎，说谎，说谎。这儿是我的

应战的信物，凭着它我要给你一顿切实的教训。我重视我的信誉，因为我希望在这新天地内扬名显达；我所指控的奥墨尔的罪状一点儿没有虚假。而且我还听见被放逐的诺福克说过，他说是你，奥墨尔，差遣你手下的两个人到卡莱去把那尊贵的公爵杀死的。

奥墨尔　哪一位正直的基督徒借我一只手套？这儿我向诺福克掷下我的信物，因为他说了谎话；要是他遇赦回来，我要和他做一次荣誉的决赛。

波林勃洛克　你们已经接受各人的挑战，可是你们的争执必须等诺福克回来以后再行决定。他将要被赦回国，虽然是我的敌人，他的土地产业都要归还给他。等他回来了，我们就可以叫他和奥墨尔进行决斗。

卡莱尔　那样的好日子是再也见不到的了。流亡国外的诺福克曾经好多次在光荣的基督徒的战场上，为了耶稣基督而奋战，向黑暗的异教徒、土耳其人、撒拉逊人招展着基督教的十字圣旗；后来他因为不堪鞍马之劳，在意大利退隐闲居，就在威尼斯他把他的身体奉献给那可爱的国土，把他纯洁的灵魂奉献给他的主帅基督，在基督的旗帜之下，他曾经作过这样长期的苦战。

波林勃洛克　怎么，主教，诺福克死了吗？

卡莱尔　正是，殿下。

波林勃洛克　愿温柔的和平把他善良的灵魂接引到亚伯拉罕老祖的胸前！各位互相控诉的贵爵们，你们且各自信守你们的誓约，等我替你们指定决斗的日期，再来解决你们的争执。

　　　　　约克率侍从上。

理查二世

约克 伟大的兰开斯特公爵，我奉铩羽归来的理查之命，向你传达他的意旨；他已经全心乐意地把你立为他的嗣君，把他至尊的御杖交在你的庄严的手里。他现在已经退位让贤，升上他的宝座吧；亨利四世万岁！

波林勃洛克 凭着上帝的名义，我要升上御座。

卡莱尔 嗳哟，上帝不允许这样的事！在这儿济济多才的诸位贵人之间，也许我的钝口拙舌，只会遭人嗔怪，可是我必须凭着我的良心说话。你们都是为众人所仰望的正人君子，可是我希望在你们中间能够找得出一个真有资格审判尊贵的理查的公平正直的法官！要是真有那样的人，他的高贵的精神一定不会使他犯下这样重大的错误。哪一个臣子可以判定他的国王的罪名？在座的众人，哪一个不是理查的臣子？窃贼们即使罪状确凿，审判的时候也必须让他亲自出场，难道一位代表上帝的威严，为天命所简选而治理万民、受圣恩的膏沐而顶戴王冠、已经秉持多年国政的赫赫君王，却可以由他的臣下们任意判断他的是非，而不让他自己有当场辩白的机会吗？上帝啊！这是一个基督教的国土，千万不要让这些文明优秀的人士干出这样一件无道、黑暗、卑劣的行为！我以一个臣子的身分向臣子们说话，受到上帝的鼓励，这样大胆地为他的君王辩护。这位被你们称为国王的海瑞福德公爵是一个欺君罔上的奸恶的叛徒；要是你们把王冠加在他的头上，让我预言英国人的血将要滋润英国的土壤，后世的子孙将要为这件罪行而痛苦呻吟；和平将要安睡在土耳其人和异教徒的国内，扰攘的战争将要破坏我们这和平的乐土，造成骨肉至亲自相残杀的局面；混乱、恐怖、惊慌和暴动将要在这里驻留，我们的国土将要被称为各各他①，堆积骷髅的荒场。啊！要是你们帮助一个王族中人倾覆他的同族的君王，结果将会造成这被咒诅的世界上最不幸的分裂。阻止它，防免它，不要让它实现，免得你们的子孙和你们子孙的子孙向你们呼冤叫苦。

诺森伯兰 你说得很好，主教；为了报答你这一番唇舌之劳，我们现在要以叛国的罪名逮捕你。威司敏斯特长老，请你把他看押起来，等我们定期审判他。各位大人，你们愿不愿意接受平民的请愿？

波林勃洛克 把理查带来，让他当着众人之前俯首服罪，我们也可以免去擅权僭越的嫌疑。

约克 我去领他来。（下。）

波林勃洛克 各位贵爵，你们中间凡是有犯罪嫌疑而应该受到逮捕处分的人，必须各自具保，静候裁判。（向卡莱尔主教）我们不能感佩你的好意，也不希望你给我们什么助力。

　　　　约克率理查王及众吏捧王冠等物重上。

理查王 唉！我还没有忘记我是一个国王，为什么就要叫我来参见新君呢？我简直还没有开始学习逢迎献媚、弯腰屈膝这一套本领；你们应该多给我一些时间，让悲哀教给我这些表示恭顺的方法。可是我很记得这些人的面貌，他们不都是我的臣子吗？他们不是曾经向我高呼"万福"吗？犹大也是这样对待基督；可是在基督的十二门徒之中，只有一

---

①各各他（Golgotha），耶稣被钉于十字架之处，意为髑髅地。

个人不忠于他；我在一万两千个臣子中间，却找不到一个忠心的人。上帝保佑吾王！没有一个人说"阿门"吗？我必须又当祭司又当执事吗？那么好，阿门。上帝保佑吾王！虽然我不是他，可是我还是要说阿门，也许在上天的心目之中，还以为他就是我。你们叫我到这儿来，有些什么吩咐？

约克　请你履行你的自动倦勤的诺言，把你的政权和王冠交卸给亨利·波林勃洛克。

理查王　把王冠给我。这儿，贤弟，把王冠拿住了；这边是我的手，那边是你的手。现在这一顶黄金的宝冠就像一口深井，两个吊桶一上一下地向这井中汲水；那空的一桶总是在空中跳跃，满的一桶却在底下不给人瞧见；我就是那下面的吊桶，充满着泪水，在那儿饮泣吞声，你却在高空之中顾盼自雄。

波林勃洛克　我以为你是自愿让位的。

理查王　我愿意放弃我的王冠，可是我的悲哀仍然是我自己的。你可以解除我的荣誉和尊严，却不能夺去我的悲哀；我仍然是我的悲哀的君王。

波林勃洛克　你把王冠给了我，同时也把你的一部分的忧虑交卸给我了。

理查王　你的新添的忧虑并不能抹杀我的旧有的忧虑。我的忧虑是因为我失去了作为国王而操心的地位；你的忧虑是因为你作了国王要分外操心。虽然我把忧虑给了你，我仍然占有着它们；它们追随着王冠，可是永远不离开我的身边。

波林勃洛克　你愿意放弃你的王冠吗？

理查王　是，不；不，是；我是一个没用的废人，一切听从你的尊意。现在瞧我怎样毁灭我自己：从我的头上卸下这千斤的重压，从我的手里放下这粗笨的御杖，从我的心头丢弃了君主的威权；我用自己的泪洗去我的圣油，用自己的手送掉我的王冠，用自己的舌头否认我的神圣的地位，用自己的嘴唇免除一切臣下的敬礼；我摒绝一切荣华和尊严，放弃我的采地、租税和收入，撤销我的诏谕、命令和法律；愿上帝宽宥一切对我毁弃的誓言！愿上帝使一切对你所作的盟约永无更改！让我这一无所有的人为了一无所有而悲哀，让你这享有一切的人为了一切如愿而满足！愿你千秋万岁安坐在理查的宝位之上，愿理查早早长眠在黄土的垄中！上帝保佑亨利王！失去王冠的理查这样说；愿他享受无数阳光灿烂的岁月！还有什么别的事情没有？

诺森伯兰　（以一纸示理查王）没有，就是要请你读一读这些人家控诉你的宠任小人祸国殃民的重大的罪状；你亲口招认以后，世人就可以明白你的废黜是罪有应得的。

理查王　我必须这样做吗？我必须一丝一缕地剖析我的错综交织的谬误吗？善良的诺森伯兰，要是你的过失也被人家记录下来，叫你当着这些贵人之前朗声宣读，你会自知羞愧吗？在你的罪状之中，你将会发现一条废君毁誓的极恶重罪，它是用黑点标出、揭载在上天降罚的册籍里的。嘿，你们这些站在一旁，瞧着我被困苦所窘迫的人们，虽然你们中间有些人和彼拉多①一同洗过手，表示你们表面上的

①彼拉多（Pilate），将耶稣钉死于十字架之罗马总督。

理查二世

161

慈悲，可是你们这些彼拉多们已经在这儿把我送上了苦痛的十字架，没有水可以洗去你们的罪恶。

诺森伯兰 我的王爷，快些，把这些条款读下去。

理查王 我的眼睛里满是泪，我瞧不清这纸上的文字；可是眼泪并没有使我完全盲目，我还看得见这儿一群叛徒们的面貌。噢，要是我把我的眼睛转向着自己，我会发现自己也是叛徒的同党，因为我曾经亲自答应把一个君王的庄严供人凌辱，造成这种尊卑倒置、主奴易位、君臣失序、朝野混淆的现象。

诺森伯兰 我的王爷——

理查王 我不是你的什么王爷，你这盛气凌人的家伙，我也不是任何人的主上；我是一个无名无号的人，连我在洗礼盘前领受的名字，也被人篡夺去了。唉，不幸的日子！想不到我枉度了这许多岁月，现在却不知道应该用什么名字称呼我自己。啊！但愿我是一尊用白雪堆成的国王塑像，站在波林勃洛克的阳光之前，全身化水而溶解！善良的国王，伟大的国王——虽然你不是一个盛德之君——要是我的话在英国还能发生效力，请吩咐他们立刻拿一面镜子到这儿来，让我看一看我在失去君主的威严以后，还有一张怎样的面孔。

波林勃洛克 哪一个人去拿一面镜子来。（一侍从下。）

诺森伯兰 镜子已经去拿了，你先把这纸上的文字念起来吧。

理查王 魔鬼！我还没有下地狱，你就这样折磨我。

波林勃洛克 不要逼迫他了，诺森伯兰伯爵。

诺森伯兰 那么平民们是不会满足的。

理查王　他们将会得到满足；当我看见那本记载着我的一切罪恶的书册，也就是当我看见我自己的时候，我将要从它上面读到许多事情。

　　　　　　侍从持镜重上。

理查王　把镜子给我，我要借着它阅读我自己。还不曾有深一些的皱纹吗？悲哀把这许多打击加在我的脸上，却没有留下深刻的伤痕吗？啊，谄媚的镜子！正像在我荣盛的时候跟随我的那些人们一样，你欺骗了我。这就是每天有一万个人托庇于他的广厦之下的那张脸吗？这就是像太阳一般使人不敢仰视的那张脸吗？这就是曾经"赏脸"给许多荒唐的愚行、最后却在波林勃洛克之前黯然失色的那张脸吗？一道脆弱的光辉闪耀在这脸上，这脸儿也正像不可恃的荣光一般脆弱，（以镜猛掷地上）瞧它经不起用力一掷，就碎成片片了。沉默的国王，注意这一场小小的游戏中所含的教训吧，瞧我的悲哀怎样在片刻之间毁灭了我的容颜。

波林勃洛克　你的悲哀的影子毁灭了你的面貌的影子。

理查王　把那句话再说一遍。我的悲哀的影子！哈！让我想一想。一点不错，我的悲哀都在我的心里；这些外表上的伤心恸哭，不过是那悄悄地充溢在受难的灵魂中的不可见的悲哀的影子，它的本体是在内心潜藏着的。国王，谢谢你的广大的恩典，你不但给我哀伤的原因，并且教给我怎样悲恸的方法。我还要请求一个恩典，然后我就向你告辞，不再烦扰你了。你能不能答应我？

波林勃洛克　说吧，亲爱的王兄。

理查王　"亲爱的王兄"！我比一个国王更伟大，因为当我做国

理查二世

王的时候，向我谄媚的人不过是一群臣子；现在我自己做了臣子，却有一个国王向我谄媚。既然我是这样一个了不得的人，我也不必开口求人了。

波林勃洛克　可是说出你的要求来吧。

理查王　你会答应我的要求吗？

波林勃洛克　我会答应你的。

理查王　那么准许我去。

波林勃洛克　到哪儿去？

理查王　随便你叫我到哪儿去都好，只要让我不再看见你的脸。

波林勃洛克　来几个人把他送到塔里去。

理查王　啊，很好！你们都是送往迎来的人，靠着一个真命君王的没落捷足高升。（若干卫士押理查王下。）

波林勃洛克　下星期三我们将要郑重举行加冕的典礼；各位贤卿，你们就去准备起来吧。（除卡莱尔主教、威司敏斯特长老及奥墨尔外均下。）

长老　我们已经在这儿看到了一幕伤心的惨剧。

卡莱尔　悲惨的事情还在后面；我们后世的子孙将会觉得这一天对于他们就像荆棘一般刺人。

奥墨尔　你们两位神圣的教士，难道没有计策可以从我们这国土之上除去这罪恶的污点吗？

长老　大人，在我大胆地向您吐露我的衷曲以前，您必须郑重宣誓，不但为我保守秘密，并且还要尽力促成我的计划。我看见你们的眉宇之间充满了不平之气，你们的心头填塞着悲哀，你们的眼中洋溢着热泪。跟我回去晚餐；我要定下一个计策，它会使我们重见快乐的日子。（同下。）

第五幕

第一场　伦敦。直达塔狱之街道

　　　　　　　王后及宫女等上。

王后　王上将要到这一条路上来；这就是通到裘力斯·凯撒所造
　　　下的那座万恶的高塔去的路，我的主已经被骄傲的波林勃
　　　洛克判定在那高塔的顽石的胸中做一个囚人。让我们在这
　　　儿休息片刻，要是这叛逆的大地还有尺寸之土，可以容许
　　　它的真正的国君的元后歇足的话。

　　　　　　　理查王及卫士上。

王后　可是且慢，瞧；不，还是转过脸去，不要瞧我那美丽的蔷
　　　薇萎谢吧；可是抬起头来，看看他，也许怜悯会使你们融
　　　为甘露，用你们真情的眼泪重新润泽他的娇颜。啊！你这
　　　古代特洛亚的残墟，你这荣誉的草图，你是理查王的墓碑，

不是理查王自己；你这富丽的旅舍，为什么你容留丑陋的悲哀寄住，却让胜利的欢乐去作下等酒肆中的顾客呢？

理查王　不要和悲哀携手，美人，不要加重我的悲哀，使我太早结束我的生命。记着，好人儿，你应该想我们过去的荣华不过是一场美妙的幻梦；现在从梦里醒来，才发现了我们真实的处境。我是冷酷的"无可奈何"的结盟兄弟，爱人，他跟我将要到死厮守在一起。你快到法国去，找一所庵院栖隐吧；我的尘世的王冠已经因为自己的荒唐而失去了，从今以后，我们圣洁的生涯将要为我们赢得一顶新世界的冠冕。

王后　什么！我的理查在外形和心灵上都已经换了样子，变得这样孱弱了吗？难道波林勃洛克把你的理智也剥夺去了？他占据着你的心吗？狮子在临死的时候，要是找不到其他复仇的对象，也会伸出它的脚爪挖掘泥土，发泄它的战败的愤怒；你是一头狮子，万兽中的君王，却甘心像一个学童一般，俯首贴耳地受人鞭挞，奴颜婢膝地向人乞怜吗？

理查王　万兽之王！真的我不过做了一群畜类的首脑；要是它们稍有人心，我至今还是一个人类中的幸福的君王。我的旧日的王后，你快准备准备到法国去吧；你不妨以为我已经死了，就在这儿，你在我的临终的床前向我作了最后的诀别。在冗长寒冬的夜里，你和善良的老妇们围炉闲坐，让她们讲给你听一些古昔悲惨的故事；你在向她们道晚安以前，为了酬答她们的悲哀，就可以告诉她们我的一生的痛史，让她们听了一路流着眼泪回去睡觉；即使无知的火炬听了你的动人的怨诉，也会流下同情之泪，把它的火焰浇熄，有的将要在寒灰中哀悼，有的将要披上焦黑的丧服，追念一位被废黜的合法的君王。

诺森伯兰率侍从上。

诺森伯兰 王爷，波林勃洛克已经改变他的意旨；您必须到邦弗雷特，不用到塔里去了。娘娘，这儿还有对您所发的命令；您必须尽快动身到法国去。

理查王 诺森伯兰，你是野心的波林勃洛克升上我的御座的阶梯，你们的罪恶早已贯盈，不久就要在你们中间造成分化的现象。你的心里将要这样想，虽然他把国土一分为二，把一半给了你，可是你有帮助他君临全国的大功，这样的报酬还嫌太轻；他的心里却是这样想，你既然知道怎样扶立非法的君王，当然也知道怎样从僭窃的御座上把他推倒。恶人的友谊一下子就会变成恐惧，恐惧会引起彼此的憎恨，憎恨的结果，总有一方或双方得到罪有应得的死亡或祸报。

诺森伯兰 我的罪恶由我自己承担，这就完了。你们互相道别吧；因为您和娘娘，必须马上动身。

理查王 二度的离婚！恶人，你破坏了一段双重的婚姻；你使我的王冠离开了我，又要使我离开我的结发的妻子。让我用一吻撤销你我之间的盟誓；可是不，因为那盟誓是用一吻缔结的。分开我们吧，诺森伯兰。我向北方去，凛冽的寒风和瘴疠在那里逗弄它们的淫威；我的妻子向法国去，她从那里初到这儿来的时候，艳妆华服，正像娇艳的五月，现在悄然归去，却像寂无生趣的寒冬。

王后 那么我们必须分手吗？我们不能再在一起了吗？

理查王 是的，我的爱人，我们的手儿不再相触，我们的心儿不

167

再相通。

王后　把我们两人一起放逐，让王上跟着我去吧。

诺森伯兰　那可以表示你们的恩爱，可是却不是最妥当的政策。

王后　那么他到什么地方去，我也到什么地方去。

理查王　要是这样的话，我们两人就要相对流泪，使彼此的悲哀合而为一了。还是你在法国为我流泪，我在这儿为你流泪吧；与其近而多愁，不如彼此远隔。去，用叹息计算你的路程，我将用痛苦的呻吟计算我的路程。

王后　那么最长的路程将要听到最长的呻吟。

理查王　我的路是短的，每一步我将要呻吟两次，再用一颗沉重的心补充它的不足。来，来，当我们向悲哀求婚的时候，我们应该越快越好，因为和它结婚以后，我们将要忍受长期的痛苦。让一个吻堵住我们两人的嘴，然后默默地分别；凭着这一个吻，我把我的心给了你，也把你的心取了来了。（二人相吻。）

王后　把我的心还我；你不应该把你的心交给我保管，因为它将会在我的悲哀之中憔悴而死。（二人重吻）现在我已经得到我自己的心，去吧，我要竭力用一声惨叫把它杀死。

理查王　我们这样痴心的留恋，简直是在玩弄着痛苦。再会吧，让悲哀代替我们诉说一切不尽的余言。（各下。）

第二场　同前。约克公爵府中一室

约克及其夫人上。

约克公爵夫人　夫君，您刚才正要告诉我我们那两位侄子到伦敦来的情形，可是您讲了一半就哭了起来，没有把这段话说下去。

约克　我讲到什么地方？

约克公爵夫人　您刚说到那些粗暴而无礼的手从窗口里把泥土和秽物丢到理查王的头上；说到这里，悲哀就使您停住了。

约克　我已经说过，那时候那位公爵，伟大的波林勃洛克，骑着一匹勇猛的骏马，它似乎认识它的雄心勃勃的骑士，用缓慢而庄严的步伐徐徐前进，所有的人们都齐声高呼，"上帝保佑你，波林勃洛克！"你会觉得窗子都在开口说话；那么多的青年和老人的贪婪的眼光，从窗口里向他的脸上投射他们热烈的瞥视；所有的墙壁都仿佛在异口同声地说，"耶稣保佑你！欢迎，波林勃洛克！"他呢，一会儿向着这边，一会儿向着那边，对两旁的人们脱帽点首，他的头垂得比他那骄傲的马的颈项更低，他向他们这样说，"谢谢你们，各位同胞"；这样一路上打着招呼过去。

约克公爵夫人　唉，可怜的理查！这时候他骑着马在什么地方呢？

约克　正像在一座戏院里，当一个红角下场以后，观众用冷淡的眼光注视着后来的伶人，觉得他的饶舌十分可厌一般；人们的眼睛也正是这样，或者用更大的轻蔑向理查怒视。没有人高呼"上帝保佑他"；没有一个快乐的声音欢迎他回来；只有泥土掷在他的神圣的头上，他是那样柔和而凄婉地把它们轻轻挥去，他的眼睛里噙着泪，他的嘴角含着微笑，表示出他的悲哀和忍耐，倘不是上帝为了某种特殊的

理查二世

目的，使人们的心变得那样冷酷，谁见了他都不能不深深感动，最野蛮的人也会同情于他。可是这些事情都有上天做主，我们必须俯首顺从它的崇高的意旨。现在我们是向波林勃洛克宣誓尽忠的臣子了，他的尊严和荣誉将要永远被我所护拥。

约克公爵夫人　我的儿子奥墨尔来了。

约克　他过去是奥墨尔，可是因为他是理查的党羽，已经失去他原来的爵号；夫人，你现在必须称他为鲁特兰了。我在议会里还替他担保过一定对新王矢忠效命呢。

奥墨尔上。

约克公爵夫人　欢迎，我儿；新的春天来到了，哪些人是现在当令的鲜花？

奥墨尔　母亲，我不知道，我也懒得关心；上帝知道我羞于和他们为伍。

约克　呃，在这新的春天，你得格外注意你的行动，免得还没有到开花结实的时候，你就给人剪去了枝叶。牛津有什么消息？他们还在那里举行着各种比武和竞赛吗？

奥墨尔　照我所知道的，父亲，这些仍旧在照常举行。

约克　我知道你要到那里去。

奥墨尔　要是上帝允许我，我是准备着去的。

约克　那在你的胸前露出的是一封什么书信？哦，你的脸色变了吗？让我瞧瞧上面写着些什么话。

奥墨尔　父亲，那没有什么。

约克　那么就让人家瞧瞧也不妨。我一定要知道它的内容；给我看写着些什么。

奥墨尔　求大人千万原谅我；那不过是一件无关重要的小事，为了种种理由，我不愿让人家瞧见。

约克　为了种种理由，小子，我一定要瞧瞧。我怕，我怕——

约克公爵夫人　您怕些什么？那看来不过是因为他想要在比武的日子穿几件华丽的服装，欠下人家一些款项的借据罢了。

约克　哼，借据！他借了人家的钱，会自己拿着借据吗？妻子，你是一个傻瓜。孩子，让我瞧瞧上面写着些什么话。

奥墨尔　请您原谅，我不能给您看。

约克　我非看不可；来，给我。（夺盟书阅看）反了！反了！混蛋！奸贼！奴才！

约克公爵夫人　什么事，我的主？

约克　喂！里边有人吗？

　　　　　　　　一仆人上。

约克　替我备马。慈悲的上帝！这是什么叛逆的阴谋！

约克公爵夫人　嗳哟，什么事，我的主！

约克　喂，把我的靴子给我；替我备马。嘿，凭着我的荣誉、我的生命、我的良心起誓，我要告发这奸贼去。（仆人下。）

约克公爵夫人　究竟是怎么一回事呀？

约克　闭嘴，愚蠢的妇人。

约克公爵夫人　我偏不闭嘴。什么事，奥墨尔？

奥墨尔　好妈妈，您安心吧；没有什么事，反正拼着我这一条命就是了。

约克公爵夫人　拼着你那一条命！

约克　把我的靴子拿来；我要见国王去。

　　　　　　　　仆人持靴重上。

约克公爵夫人　打他，奥墨尔。可怜的孩子，你全然吓呆了。（向仆人）滚出去，狗才！再也不要走近我的面前。（仆人下。）

约克　喂，把我的靴子给我。

约克公爵夫人　唉，约克，你要怎样呢？难道你自己的儿子犯了一点儿过失，你都不肯替他遮盖吗？我们还有别的儿子，或者还会生下一男半女吗？我的生育的时期不是早已过去了吗？我现在年纪老了，只有这一个好儿子，你却要生生把我们拆开，害我连一个快乐的母亲的头衔都不能保全吗？他不是很像你吗？他不是你自己的亲生骨肉吗？

约克　你这痴心的疯狂的妇人，你想把这黑暗的阴谋隐匿起来吗？这儿写着他们有十来个同党已经互相结盟，要在牛津刺杀国王。

约克公爵夫人　他一定不去参加；我们叫他待在家里就是了，那不是和他不相干了吗？

约克　走开，痴心的妇人！即使他跟我有二十重的父子关系，我也要告发他。

约克公爵夫人　要是你也像我一样曾经为他呻吟床席，你就会仁慈一些的。可是现在我明白你的意思了；你一定疑心我曾经对你不贞，以为他是一个私生的野种，不是你的儿子。亲爱的约克，我的好丈夫，不要那样想；他的面貌完全和你一个模样，不像我，也不像我的亲属，可是我爱他。

约克　让开，放肆的妇人！（下。）

约克公爵夫人　追上去，奥墨尔！骑上他的马，加鞭疾驰，赶在他的前头去见国王，趁他没有控诉你以前，先向国王请求宽恕你的过失。我立刻就会来的；虽然老了，我相信我骑起马来，还可以像约克一样快。我要跪在地上不再起来，直到波林勃洛克宽恕了你。去吧！（各下。）

第三场　温莎。堡中一室

波林勃洛克冕服上；亨利·潘西及众臣随上。

波林勃洛克　谁也不知道我那放荡的儿子的下落吗？自从我上次看见他一面以后，到现在足足三个月了。他是我的唯一的祸根。各位贤卿，我巴不得把他找到才好。到伦敦各家酒店里访问访问，因为人家说他每天都要带着一群胡作非为的下流朋友到那种地方去；他所交往的那些人，甚至于会在狭巷之中殴辱巡丁，劫掠路人，这荒唐而柔弱的孩子却会不顾自己的身份，支持这群浪人的行动。

亨利·潘西　陛下，大约在两天以前，我曾经见过王子，并且告诉他在牛津举行的这些盛大的赛会。

波林勃洛克　那哥儿怎么说？

亨利·潘西　他的回答是，他要到妓院里去，从一个最丑的娼妇手上拉下一只手套，戴着作为纪念；凭着那手套，他要把最勇猛的挑战者掀下马来。

波林勃洛克　这简直太胡闹了；可是从他的胡闹之中，我却可以看见一些希望的光芒，也许他年纪大了点儿，他的行为就会改善的。可是谁来啦？

奥墨尔上。

奥墨尔　王上在什么地方？

理查二世

波林勃洛克　贤弟为什么这样神色慌张？

奥墨尔　上帝保佑陛下！请陛下允许我跟您独自说句话。

波林勃洛克　你们退下去吧，让我们两人在这儿谈话。（亨利及众臣下）贤弟有什么事情？

奥墨尔　（跪）愿我的双膝在地上生了根，我的舌头永远粘在颚上发不出声音来，要是您不先宽恕了我，我就一辈子不起来，一辈子不说话。

波林勃洛克　你的过失仅仅是一种企图呢，还是一件已经犯下的罪恶？假如它是图谋未遂的案件，无论案情怎样重大，为了取得你日后的好感，我都可以宽恕你。

奥墨尔　那么准许我把门锁了，在我的话没有说完以前，谁也不要让他进来。

波林勃洛克　随你的便吧。（奥墨尔锁门）

约克　（在内）陛下，留心！不要被人暗算；你有一个叛徒在你的面前呢。

波林勃洛克　（拔剑）奸贼，你动一动就没命。

奥墨尔　愿陛下息怒；我不会加害于您。

约克　（在内）开门，你这粗心的不知利害的国王；难道我为了尽忠的缘故，必须向你说失敬的话吗？开门，否则我要打破它进来了。（波林勃洛克开门。）

　　　　　约克上。

波林勃洛克　（将门重行锁上）什么事，叔父？说吧。安静一会儿，让你的呼吸回复过来。告诉我危险离开我们还有多远，让我们好去准备抵御它。

约克　读一读这儿写着的文字，你就可以知道他们在进行着怎样叛逆的阴谋。

奥墨尔　当你读着的时候，请记住你给我的允许。我已经忏悔我的错误，不要在那上面读出我的名字；我的手虽然签署盟约，我的心却并没有表示同意。

约克　奸贼，你有了谋叛的祸心，才会亲手签下你的名字。这片纸是我从这叛徒的胸前抢下来的，国王；恐惧使他忏悔，并不是他真有悔悟的诚心。不要怜悯他，免得你的怜悯变成一条直刺你的心脏的毒蛇。

波林勃洛克　啊，万恶的大胆的阴谋！啊，一个叛逆的儿子的忠心的父亲！你是一道清净无垢的洁白的泉源，他这一条溪水就从你的源头流出，却从淤泥之中玷污了他自己！你的大量的美德在他身上都变成了奸恶，可是你的失足的儿子这一个罪该万死的过失，将要因为你的无限的善良而邀蒙宽宥。

约克　那么我的德行将要成为他的作恶的护符，他的耻辱将要败坏我的荣誉，正像浪子们挥霍他们父亲辛苦积聚下来的金钱一样了。他的耻辱死了，我的荣誉才可以生存；否则我就要在他的耻辱之中度我的含羞蒙垢的生活。你让他活命，等于把我杀死；赦免了叛徒，却把忠臣处了死刑。

约克公爵夫人　（在内）喂，陛下！为了上帝的缘故，让我进来。

波林勃洛克　什么人尖声尖气地在外边嚷叫？

约克公爵夫人　（在内）一个妇人，您的婶娘，伟大的君王；是我。对我说话，可怜我，开开门吧；一个从来不曾向人请求过的乞丐在请求您。

波林勃洛克　我们这一出庄严的戏剧，现在却变成"乞丐与国王"

理查二世

了。我的包藏祸心的兄弟,让你的母亲进来;我知道她要来为你的罪恶求恕。(奥墨尔开门。)

约克　要是您听从了无论什么人的求告把他宽恕,更多的罪恶将要因此而横行无忌。割去腐烂的关节,才可以保全身体上其余各部分的完好;要是听其自然,它的脓毒就要四散蔓延,使全身陷于不可救治的地步。

　　　　　约克公爵夫人上。

约克公爵夫人　啊,国王!不要相信这个狠心的人;不爱自己,怎么能爱别人呢?

约克　你这疯狂的妇人,你到这儿来干什么?难道你的衰老的乳头还要喂哺一个叛徒吗?

约克公爵夫人　亲爱的约克,不要生气。(跪)听我说,仁慈的陛下。

波林勃洛克　起来,好婶娘。

约克公爵夫人　不,我还不能起来。我要永远跪在地上匍匐膝行,永远不看见幸福的人们所见的白昼,直到您把快乐给了我,那就是宽恕了鲁特兰,我的一时失足的孩子。

奥墨尔　求陛下俯从我母亲的祷请,我也在这儿跪下了。(跪。)

约克　我也屈下我的忠诚的膝骨,求陛下不要听从他们。(跪)要是您宽恕了他,您将要招致无穷的后患!

约克公爵夫人　他的请求是真心的吗?瞧他的脸吧;他的眼睛里没有流出一滴泪,他的祈祷是没有诚意的。他的话从他的嘴里出来,我们的话却发自我们的衷心;他的请求不过是虚应故事,心里但愿您把它拒绝,我们却用整个的心灵和一切向您祈求;我知道他的疲劳的双膝巴不得早些立起,我们却甘心长跪不起，直到我们的膝盖在地上生了根。我们真诚热烈的祈求胜过他的假惺惺的作态，所以让我们得到虔诚的祈祷者所应该得到的慈悲吧。

波林勃洛克　好婶娘，起来吧。

约克公爵夫人　不，不要叫我起来；你应该先说"宽恕"，然后再说"起来"。假如我是你的保姆，我在教你说话的时候，一定先教你说"宽恕"二字。我从来不曾像现在这样渴想着听见这两个字；说"宽恕"吧，国王，让怜悯教您怎样把它们说出口来。这不过是两个短短的字眼儿，听上去却是那么可爱；没有别的字比"宽恕"更适合于君王之口了。

约克　你用法文说吧，国王；说"pardonnez moi"①。

约克公爵夫人　你要教宽恕毁灭宽恕吗？啊，我的冷酷的丈夫，我的狠心的主！按照我们国内通用的语言，说出"宽恕"这两个字来吧；我们不懂得那种扭扭捏捏的法文。您的眼睛在开始说话了，把您的舌头装在您的眼眶里吧；或者把您的耳朵插在您的怜悯的心头，让它听见我们的哀诉和祈祷怎样刺透您的心灵，也许怜悯会感动您把"宽恕"二字吐露出来。

波林勃洛克　好婶娘，站起来。

约克公爵夫人　我并不要求您叫我立起；宽恕是我唯一的请愿。

波林勃洛克　我宽恕他，正像上帝将要宽恕我一样。

约克公爵夫人　啊，屈膝的幸福的收获！可是我还是满腔忧惧；再说一遍吧，把"宽恕"说了两次，并不是把"宽恕"分

---

①表示婉言谢绝的习用语，意即："对不起，不行。"

理查二世

而为二，而只会格外加强宽恕的力量。

波林勃洛克　我用全心宽恕他。

约克公爵夫人　您是一个地上的天神。

波林勃洛克　可是对于我们那位忠实的姻兄和那位长老，以及一切他们的同党，灭亡的命运将要立刻追踪在他们的背后。好叔父，帮助我调遣几支军队到牛津或者凡是这些叛徒们所寄足的无论什么地方去；我发誓决不让他们活在世上，只要知道他们的下落，一定要叫他们落在我的手里。叔父，再会吧。兄弟，再会；你的母亲太会求告了，愿你从此以后做一个忠心的人。

约克公爵夫人　来，我儿；求上帝让你改过自新。（各下。）

第四场　堡中另一室

艾克斯顿及一仆人上。

艾克斯顿　你没有注意到王上说些什么话吗？"难道我没有一个朋友，愿意替我解除这一段活生生的忧虑吗？"他不是这样说吗？

仆人　他正是这样说的。

艾克斯顿　他说，"难道我没有一个朋友吗？"他把这句话接连说了两次，不是吗？

仆人　正是。

艾克斯顿　当他说这句话的时候，他留心瞧着我，仿佛在说，"我希望你是愿意为我解除我的心头的恐怖的人；"他的意思当然是指那幽居在邦弗雷特的废王而说的。来，我们去吧；我是王上的朋友，我要替他除去他的敌人。（同下。）

第五场　邦弗雷特。堡中监狱

理查王上。

理查王　我正在研究怎样可以把我所栖身的这座牢狱和整个的世界两相比较；可是因为这世上充满了人类，这儿除了我一身之外，没有其他的生物，所以它们是比较不起来的；虽然这样说，我还要仔细思考一下。我要证明我的头脑是我的心灵的妻子，我的心灵是我的思想的父亲；它们两个产下了一代生生不息的思想，这些思想充斥在这小小的世界之上，正像世上的人们一般互相倾轧，因为没有一个思想是满足的。比较好的那些思想，例如关于宗教方面的思想，却和怀疑互相间杂，往往援用经文的本身攻击经文；譬如说，"来吧，小孩子们；"可是接着又这么说，"到天国去是像骆驼穿过针孔一般艰难的。"野心勃勃的思想总在计划不可能的奇迹；凭着这些脆弱无力的指爪，怎样从这冷酷的世界的坚硬的肋骨，我的凹凸不平的囚墙上，抓破一条出路；可是因为它们没有这样的能力，所以只能在它们自己的盛气之中死去。安分自足的思想却用这样的话安慰自己：它们并不是命运的最初的奴隶，不会是它的最后的奴隶；正像愚蠢的乞丐套上了枷，自以为许多人都在他以前套过枷，在他以后，也还有别的人要站在他现在所站的地方，用这样的思想掩饰他们的羞辱一样。凭着这一种念头，它们获得了精神上的宽裕，假借过去的人们同样的遭际来背负它们不幸的灾祸。这样我一个人扮演着许多不同的角色，没有一个能够满足他自己的命运：有时我是国王；叛逆的奸谋使我希望我是一个乞丐，于是我就变成了乞丐；可是压人的穷困劝诱我还不如做一个国王，于是我又变成了国王；一会儿忽然想到我的王位已经被波林勃洛克所推翻，那时候我就立刻化为乌有；可是无论我是什么人，无论是我还是别人，只要是一个人，在他没有彻底化为乌有以前，是什么也不能使他感到满足的。我听见的是音乐吗？（乐声）嘿，嘿！不要错了拍子。美妙的音乐失去了合度的节奏，听上去是多么可厌！人们生命中的音乐也正是这样。我的耳朵能够辨别一根琴弦上的错乱的节奏，却听不出我的地位和时间已经整个失去了谐和。我曾经消耗时间，现在时间却在消耗着我；时间已经使我成为他的计时的钟；我的每一个思想代表着每一分钟，它的叹息代替了嘀嗒的声音，一声声打进我的眼里；那不断地揩拭着眼泪的我的手指，正像钟面上的时针，指示着时间的进展；那叩击我的心灵的沉重的叹息，便是报告时辰的钟声。这样我用叹息、眼泪和呻吟代表一分钟一点钟的时间；可是我的时间在波林勃洛克的得意的欢娱中飞驰过去，我却像一个钟里的机器人一样站在这儿，替他无聊地看守着时间。这音乐使我发疯；不要再奏下去吧，因为虽然它可以帮助疯人恢复理智，对于我却似乎能够使头脑清醒的人变成疯狂。可是祝福那为我奏乐的人！因为这总是好意的表示，在这充满着敌意的世上，好意对于理查是一件珍奇的宝物。

马夫上。

马夫　祝福，庄严的君王！

理查王　谢谢，尊贵的卿士；我们中间最微贱的人，也会高抬他自己的身价。你是什么人？这儿除了给我送食物来、延长我的不幸的生命的那个可恶的家伙以外，从来不曾有人来过；你是怎么来的，汉子？

马夫　王爷，从前您还是一个国王的时候，我是你的御厩里的一个卑微的马夫；这次我因为到约克去，路过这里，好容易向他们千求万告，总算见到我的旧日的王爷一面。啊！那天波林勃洛克加冕的日子，我在伦敦街道上看见他骑着那匹斑色的巴巴里马，我想起您从前常常骑着它，我替它梳刷的时候，也总是特别用心，现在马儿已经换了主人，看着它我的心就痛了。

理查王　他骑着巴巴里马吗？告诉我，好朋友，它载着波林勃洛克怎么走？

马夫　高视阔步，就像它瞧不起脚下的土地一般。

理查王　它是因为波林勃洛克在它的背上而这样骄傲的！那畜生曾经从我的尊贵的手里吃过面包，它曾经享受过御手抚拍的光荣。它不会颠踬吗？骄傲必然会遭到倾覆，它不会失足倒地，跌断那霸占着它的身体的骄傲的家伙的头颈吗？恕我，马儿！你是造下来受制于人，天生供人坐骑的东西，为什么我要把你责骂呢？我并不是一匹马，却像驴子一般背负着重担，被波林勃洛克鞭策得遍体鳞伤。

狱卒持食物一盆上。

狱卒　（向马夫）汉子，走开；你不能再留在这儿了。

理查王　要是你爱我，现在你可以去了。

马夫　我的舌头所不敢说的话，我的心将要代替它诉说。（下。）

狱卒　王爷，请用餐吧。

理查王　按照平日的规矩，你应该先尝一口再给我。

狱卒　王爷，我不敢；艾克斯顿的皮厄斯爵士新近从王上那里来，吩咐我不准尝食。

理查王　魔鬼把亨利·兰开斯特和你一起抓了去！我再也忍耐不住了。（打狱卒。）

狱卒　救命！救命！救命！

艾克斯顿及从仆等武装上。

理查王　呀！这一场杀气腾腾的进攻是什么意思？恶人，让你自己手里的武器结果你自己的生命。（自一仆人手中夺下兵器，将其杀死）你也到地狱去吧！（杀死另一仆人，艾克斯顿击理查王倒地）那击倒我的手将要在永远不熄的烈火中焚烧。艾克斯顿，你的凶暴的手已经用国王的血玷污了国王自己的土地。升上去，升上去，我的灵魂！你的位置是在高高的天上，我的污浊的肉体却在这儿死去，它将要向地下沉埋。（死。）

艾克斯顿　他满身都是勇气，正像他满身都是高贵的血液一样。我已经溅洒他的血液，毁灭他的勇气；啊！但愿这是一件好事，因为那夸奖我干得不错的魔鬼，现在却对我说这件行为已经记载在地狱的黑册之中。我要把这死了的国王带到活着的国王那里去。把其余的尸体搬去，就在这儿找一处地方埋了。（同下。）

第六场　温莎。堡中一室

喇叭奏花腔。波林勃洛克、约克及群臣侍从等上。

波林勃洛克　好约克叔父，我们最近听到的消息，是叛徒们已经
纵火焚烧我们葛罗斯特郡的西斯特镇；可是他们有没有被
擒被杀，却还没有听到下文。

诺森伯兰上。

波林勃洛克　欢迎，贤卿。有什么消息没有？

诺森伯兰　第一，我要向陛下恭祝万福。第二，我要报告我已经
把萨立斯伯雷、斯宾塞、勃伦特和肯特这些人的首级送
到伦敦去了。他们怎样被捕的情形，这一封书信上写得很
详细。

波林勃洛克　谢谢你的勤劳，善良的潘西，我一定要重重奖赏你
的大功。

费兹华特上。

费兹华特　陛下，我已经把勃洛卡斯和班纳特·西利爵士的首级
从牛津送到伦敦去了，他们两人也是企图在牛津向您行弑
的同谋逆犯。

波林勃洛克　费兹华特，你的辛劳是不会被我忘却的；我知道你
这次立功不小。

亨利·潘西率卡莱尔主教上。

亨利·潘西　那谋逆的主犯威司敏斯特长老因为忧愧交集，已经

理查二世

得病身亡；可是这儿还有活着的卡莱尔，等候你的纶音宣判，惩戒他不法的狂妄。

波林勃洛克　卡莱尔，这是我给你的判决：找一处僻静的所在，打扫一间清净庄严的精舍，在那儿度你的逍遥自在的生涯；平平安安地活着，无牵无挂地死去。因为虽然你一向是我的敌人，我却可以从你身上看到忠义正直的光辉。

　　　　　　　　艾克斯顿率仆从舁棺上。

艾克斯顿　伟大的君王，在这一棺之内，我向您呈献您的埋葬了的恐惧；这儿气息全无地躺着您的最大的敌人，波尔多的理查，他已经被我带来了。

波林勃洛克　艾克斯顿，我不能感谢你的好意，因为你已经用你的毒手干下一件毁坏我的荣誉、玷辱我们整个国土的恶事了。

艾克斯顿　陛下，我是因为听了您亲口所说的话，才去干这件事的。

波林勃洛克　需要毒药的人，并不喜爱毒药，我对你也是这样；虽然我希望他死，乐意看到他被杀，我却痛恨杀死他的凶手。你把一颗负罪的良心拿去作为你的辛劳的报酬吧，可是你不能得到我的嘉许和眷宠；愿你跟着该隐在暮夜的黑影中徘徊，再不要在光天化日之下显露你的容颜。各位贤卿，我郑重声明，凭着鲜血浇溉成我今日的地位，这一件事是使我的灵魂抱恨无穷的。来，赶快披上阴郁的黑衣，陪着我举哀吧，因为我是真心悲恸。我还要参谒圣地，洗去我这罪恶的手上的血迹。现在让我们用沉痛的悲泣，肃穆地护送这死于非命的遗骸。（同下。）